Bianca

D1541751

PASIÓN EN SICILIA
Michelle Smart

Editado por Harlequin Ibérica.
Una división de HarperCollins Ibérica, S.A.
Núñez de Balboa, 56
28001 Madrid

© 2019 Michelle Smart
© 2020 Harlequin Ibérica, una división de HarperCollins Ibérica, S.A.
Pasión en sicilia, n.º 2772 - 15.4.20
Título original: The Sicilian's Bought Cinderella
Publicada originalmente por Harlequin Enterprises, Ltd.

I.S.B.N.: 978-84-1348-008-4
Depósito legal: M-3817-2020
Impreso en España por: BLACK PRINT
Fecha impresion para Argentina: 12.10.20
Distribuidor exclusivo para España: LOGISTA
Distribuidor para México: Distibuidora Intermex, S.A. de C.V.
Distribuidores para Argentina: Interior, DGP, S.A. Alvarado 2118.
Cap. Fed./Buenos Aires y Gran Buenos Aires, VACCARO HNOS.

Capítulo 1

DANTE Moncada se sentó junto al conductor del vehículo, y dos de sus hombres se acomodaron en el asiento de atrás. Tenía prisa, porque alguien había entrado en la vieja casa que había pertenecido a su familia durante varias generaciones.

Mientras el chófer conducía por las estrechas calles de Palermo, Dante se acordó de una conversación que había mantenido ese mismo día: Riccardo d'Amore, jefe del clan de los D'Amore, había rechazado el acuerdo que había estado negociando con su hijo mayor, Alessio. Al parecer, no quería que su dudosa reputación dañara la imagen de su empresa.

¿Dudosa reputación? Dante estaba tan enfadado que sintió el deseo de pegar un puñetazo al salpicadero. ¿A qué venía ese comentario? Sí, era cierto que le gustaban las fiestas, las mujeres y el vino, pero eso no tenía nada de particular. Además, no jugaba, no se drogaba y, por supuesto, evitaba los círculos donde el narcotráfico y la venta de armas se consideraban negocios aceptables.

Él dirigía un negocio legítimo, sin las zonas oscuras de algunos empresarios sicilianos. Sus manos estaban limpias, literal y metafóricamente hablando. Trabajaba duro, y había conseguido que una pequeña empresa tecnológica se convirtiera en una corporación internacional cuyas cuentas habrían resistido el embate del más desconfiado de los auditores.

Sin embargo, Dante sospechaba que Riccardo no había rechazado el trato por nada relacionado con la legitimidad de su negocio. Los D'Amore habían desarrollado un sistema de seguridad para telefonía móvil que superaba con mucho a los de la competencia, y Dante estaba a punto de firmar un acuerdo de exclusividad para instalarlo en sus teléfonos y ordenadores. ¿Por qué rechazarlo entonces, si habría sido beneficioso para las dos familias?

Solo podía haber una razón: la mala fama de sus padres.

La reciente muerte de Salvatore Moncada no había limpiado su reputación de mujeriego y jugador empedernido, y la imagen de Immacolata no mejoraba las cosas, porque la gente la conocía como la Viuda Negra.

A Dante siempre le había parecido un apodo injusto. ¿Por qué la llamaban así, si no era ninguna asesina? Lo único que hacía su madre era exprimir económicamente a sus maridos cuando se divorciaba de ellos. Había empezado su carrera con Salvatore y, como ya iba por el quinto, tenía tanto dinero que vivía como una reina.

En cambio, Riccardo era un hombre tradicional en todos los sentidos. Tenía once hijos de la misma esposa, porque solo se había casado una vez, y pensaba que el juego era un invento del diablo y que el sexo era pecado cuando se practicaba fuera del matrimonio.

Dante lo maldijo para sus adentros. El patriarca de los D'Amore estaba preocupado por la posibilidad de que hubiera salido a sus padres. Creía que iba a manchar la reputación de Amore Systems, y había llevado su desconfianza a tal extremo que, no contento con romper el acuerdo que estaba negociando, había entablado conversaciones con su principal rival.

Si no lograba convencerlo de que era un hombre respetable, perdería una gran oportunidad empresarial. Pero aún no había jugado su última carta. Se lo demostraría durante la inminente boda de Alessio.

Sumido en sus pensamientos, tardó unos segundos en darse cuenta de que el chófer había detenido el vehículo en el claro del denso bosque que rodeaba la casa de campo de su familia. Y, a pocos metros de distancia, astutamente escondido entre los árboles, había un pequeño utilitario.

Dante alcanzó el bate de béisbol que estaba debajo del asiento, con la esperanza de no tener que utilizarlo. Luego, salió del coche con sus guardaespaldas y se acercó al destartalado edificio al abrigo de la espesura, para que no los vieran. La noche era fresca, y se tuvo que frotar los brazos para entrar en calor. El eco del invierno, que había sido particularmente duro, seguía flotando en el aire.

Mientras caminaba, se dio cuenta de dos cosas: la primera, que todas las contraventanas estaban cerradas, y la segunda, que alguien había encendido la vieja chimenea, algo evidente por el humo que echaba. Marcello, el encargado de la propiedad, tenía razón. Alguien había entrado en ella.

Dante y sus hombres se detuvieron en la puerta e intentaron abrir, pero estaba cerrada. Extrañado, sacó la llave, la metió en la cerradura y, tras girarla, empujó. El chirrido de las oxidadas bisagras le arrancó un escalofrío, y él entró en la casa por primera vez desde su adolescencia, cuando llevaba allí a sus novias.

El interior era más pequeño de lo que recordaba. Las luces estaban encendidas y, tras echar un vistazo a su alrededor en busca de posibles desperfectos, vio que la ventana de la pila estaba rota y que alguien la había tapado con un cartón. Por lo visto, el intruso había entrado por ahí. Pero todo lo demás estaba bien, lo cual parecía indicar que la persona en cuestión no era ni un ladrón ni un vándalo.

Lo único que no encajaba en la imagen era el montón de libros que estaban sobre la mesa, detalle que le desconcertó. Y, aún estaba pensando en lo incongruentes que resultaban, cuando oyó pasos en el piso de arriba.

Apretando el bate, indicó a sus hombres que lo siguieran y empezaron a subir por la escalera, cuyos tablones crujían una y otra vez. Podría haber dejado el asunto en manos de sus guardaespaldas, pero quería ver la cara del tipo que había tenido el atrevimiento de entrar en la propiedad. ¿Sería alguno de sus muchos enemigos? ¿O un simple vagabundo?

Lo primero que pensó al abrir la puerta de la habitación fue que el intruso los había oído y se había escapado por la ventana. Y no pensó nada más, porque una mujer salió súbitamente del cuarto de baño y cargó contra él pegando gritos y sosteniendo lo que parecía ser la alcachofa de la ducha.

Antes de que el objeto impactara en la cabeza de Dante, uno de los guardaespaldas la agarró y la inmovilizó con sus fuertes brazos. Por suerte, Lino era un hombre rápido.

Completamente perplejo, miró a la intrusa. ¿Quién se habría imaginado que sería una mujer? Llevaba un albornoz de color marrón, y no dejaba de soltar palabrotas en inglés, aunque su mirada era de pánico.

–Suéltala –ordenó a Lino.

El guardaespaldas obedeció, y ella retrocedió como si estuviera muerta de miedo, lo cual no tenía nada de particular. A fin de cuentas, Lino, Vincenzo y él mismo eran hombres tan altos como imponentes.

–Marchaos –les dijo–. Esperadme abajo.

Sus guardaespaldas fruncieron el ceño, pero sabían que discutir con él era inútil, así que se marcharon. Además, la intrusa no suponía ningún peligro. Solo lo habría sido si hubiera llevado una pistola, y el simple hecho de que lo hubiera atacado con una alcachofa de ducha demostraba que no tenía armas.

Dante dio un paso hacia ella, repentinamente consciente de su suave olor a flores. La mujer se apretó contra la esquina, casi jadeando. Era una joven de veintipocos años, esbelta, de pequeña altura y con la cara llena de pecas. No pudo distinguir el color de su pelo, porque lo llevaba mojado; pero cualquiera se habría dado cuenta de que era preciosa.

–¿Quién eres? –le preguntó en su idioma.

Ella no dijo nada.

–¿Qué haces aquí?

Ella se mantuvo en silencio.

–Sabes que has entrado en una propiedad privada, ¿verdad? –continuó Dante–. La casa está vacía, pero es mía.

La joven clavó en él sus extraños y bellos ojos, y él notó que ya no estaba asustada, sino enfadada.

–¿Que es tuya? ¡Y un cuerno! –replicó, con un fuerte acento irlandés–. La casa forma parte de la herencia de tu padre, y deberías compartirla con tu hermana.

Dante estuvo a punto de perder la calma. ¿A qué venía eso? ¿Sería otra charlatana de las que fingían ser hijas de Salvatore Moncada para llevarse un pellizco de su fortuna? Su padre solo llevaba muerto tres meses, pero ya habían aparecido ocho o nueve estafadoras con el mismo cuento.

–Si tuviera una hermana, estaría encantado de compartir mi herencia con ella, pero…

–¿Si la tuvieras? –lo interrumpió ella–. La tienes, y lo puedo demostrar.

Por su tono de voz, Dante supo que estaba hablando en serio, y se quedó sin habla. ¿Sería posible que aquella criatura increíblemente sexy estuviera realmente convencida de ser su hermana?

Aislin había visto muchas fotografías del siciliano que le intentaba negar lo que era suyo, pero no le hacían justicia.

Era mucho más alto de lo que suponía, y de pelo más rizado y más oscuro. Tenía un cuerpo escultural y, aunque no se había afeitado, la sombra de su barba no ocultaba en modo alguno la perfección de sus apetecibles labios. ¿Y qué decir de aquellos ojos verdes que la miraban con una mezcla de disgusto e incredulidad?

Era el hombre más guapo y más sexy que había visto en su vida. De hecho, le gustó tanto que se cerró el albornoz un poco más, porque la intensidad de su mirada hacía que se sintiera maravillosamente desnuda.

Por lo visto, la suerte no estaba de su lado. Llevaba dos días en la casa, esperando a que alguien reparara en su presencia y avisara a Dante Moncada. Pero ¿quién le habría dicho que se presentaría mientras estaba en la ducha? Su intención de dar una impresión fría y serena había saltado por los aires. Hasta había intentado atacarlo con la alcachofa de la ducha.

–¿Crees que eres mi hermana? ¿De verdad? –preguntó él, arqueando una ceja.

Ella alzó la barbilla, intentando ocultar su incomodidad.

–Si dejas que me vista, te lo explicaré todo –respondió–. Los armarios de la cocina están llenos de café.

Dante soltó una carcajada de sorpresa.

–¿Te cuelas en mi casa y pretendes que te prepare un café?

–Solo te estoy pidiendo que me concedas un momento de intimidad para poder vestirme y hablar sobre la herencia que quieres quedarte –afirmó ella–. En cuanto al café, lo he dicho por si te apetecía tomar uno… pero, si lo preparas, yo lo tomo con leche y una cucharada de azúcar.

Él la miró de arriba abajo, devorándola con los ojos.

–Está bien, vístete –dijo.

Dante salió de la habitación y cerró la puerta, dejándola sin aliento. Se sentía como si el oxígeno hubiera desaparecido de la habitación y solo quedara el aroma de su colonia, tan sexy como el hombre que la usaba.

Mientras intentaba calmarse, se puso la ropa interior, unos vaqueros y un jersey plateado. Luego, entró en el servicio, se pasó los dedos por el cabello y, tras respirar hondo, salió de la habitación, convencida de que estaba preparada para enfrentarse a él. De hecho, se había preparado para cualquier eventualidad, aunque había acelerado las cosas cuando supo que Dante había vendido las cuarenta hectáreas de Florencia y se había embolsado el beneficio.

Sin embargo, tenía que recuperar el aplomo. Dante no era un tipo cualquiera, sino uno que se había hecho multimillonario con su esfuerzo y talento y que era capaz de robarle a su propia hermana la parte de la herencia que le correspondía.

Al llegar abajo, descubrió que se había sentado en uno de los dos desvencijados sillones, y que estaba ojeando sus libros de la universidad. Sobre la mesita, había dos tazas de café. Y sus guardaespaldas habían desaparecido.

Dante esperó a que tomara asiento y, a continuación, entrecerró los ojos, pasó un dedo por el libro que tenía en la mano y dijo:

–Háblame de ti, Aislin O'Reilly.

–Mi nombre no se pronuncia *Ass-lin*, sino Aislin.

Él estampó el libro en la mesa, sobresaltándola.

–Afirmas que eres mi hermana, y quiero saber cosas respecto a ti –insistió–. Demuéstrame que lo eres.

Aislin cruzó las piernas.

–Yo no soy tu hermana. Tu hermana es Orla, mi hermanastra –replicó–. Estoy aquí en representación de sus intereses.

Él frunció el ceño.

–¿Tu hermanastra?

–Sí, somos hijas de la misma madre –dijo la joven–. Y Orla y tú, del mismo padre.

Dante se tranquilizó notablemente al saber que aquella maravilla de mujer no era sangre de su sangre, porque el simple movimiento de sus caderas lo volvía loco. Había admirado su cuerpo cuando bajaba por la escalera, y se había quedado helado al pensar que podía estar deseando a su hermana.

–Ya, pero ¿dónde están las pruebas que lo demuestran?

–Si esperas un momento, te las enseñaré.

Aislin se levantó, entró en la pequeña cocina, abrió

el bolso que había dejado en la encimera y sacó un sobre que le dio segundos después.

–Es el certificado de nacimiento de Orla –anunció.

Dante leyó el contenido del sobre. Efectivamente, era un certificado de nacimiento. Se había expedido veintisiete años antes, e incluía el nombre de los padres de la criatura: Sinead O'Reilly y Salvatore Moncada.

Sin embargo, eso no probaba nada. Podía ser una falsificación, y también cabía la posibilidad de que la madre de Aislin hubiera mentido sobre la identidad del padre.

Justo entonces, notó que el sobre contenía algo más: una fotografía.

Dante, que no quería mirarla, la sacó a regañadientes. Era una joven con un bebé entre sus brazos; una joven y un bebé con un cabello tan rizado como el suyo y del mismo color, castaño oscuro.

Pero esa no era la única coincidencia, porque los ojos de la mujer también tenían el mismo tono verde.

Capítulo 2

DANTE se quedó tan pálido que Aislin casi sintió lástima de él. Sin embargo, ya tenía bastante con su propia turbación. Estaba tan nerviosa que, cuando alcanzó su taza de café, le temblaron las manos. Y no era para menos, teniendo en cuenta que la delicada situación podía terminar en un enfrentamiento de lo más desagradable.

Si hubiera sido por ella, ni siquiera se habría tomado la molestia de viajar a Italia; pero se trataba de Orla, quien necesitaba el dinero para comprar una casa donde poder criar a Finn, porque el pequeño no era precisamente normal. Había estado varios meses en una incubadora y, aunque hubiera sobrevivido a sus complicaciones pulmonares, tenía secuelas que lo acompañarían el resto de su vida.

Aislin, que quería a su sobrino con toda su alma, había intentado comunicarse con Dante; pero su abogado se interponía una y otra vez en su camino, y al final perdió la paciencia y tomó un avión a Sicilia para hablar con él en persona. ¿Quién le iba a decir que su servicio de seguridad le impediría verlo? Por eso había entrado en la casa de campo. Era la única forma de llamar su atención.

Al cabo de unos momentos, Dante apartó la mirada de la fotografía y la clavó en sus ojos.

–No sé nada de esta mujer –afirmó–. Mi padre

tuvo muchas amantes y, por si eso fuera poco, siempre hay alguien que intenta pasar por hijo suyo para echar mano a nuestra fortuna. Y ahora vienes tú, me das esta foto y dices que...

–Te digo la verdad –lo interrumpió ella–. Orla es tu hermana. El parecido no deja lugar a dudas.

–Un parecido muy conveniente –replicó Dante.

–¡Esto es cualquier cosa menos conveniente! –protestó Aislin.

–Si fuera realmente mi hermana, ¿por qué ha esperado a que mi padre muriera? ¿Por qué no se presentó antes?

–Porque no lo necesitaba. Tu padre pagó su manutención hasta que cumplió dieciocho años –contestó ella.

Dante soltó un suspiro.

–Sabes que comprobaré tu historia, ¿verdad?

–Sí, lo sé, aunque no necesitarías comprobar nada si no hubieras reventado todos mis esfuerzos por hablar contigo. Tendrías todas las pruebas que puedas necesitar.

–Discúlpame, pero no te creo. Mi padre solo reconoció a un hijo, yo. Nunca me dijo que tuviera una hermana.

–Eso no es culpa de Orla.

–¿Seguirá diciendo que es hermana mía cuando sepa que no queda nada de la herencia?

–¡Si no queda nada, será porque tú has vendido todas las propiedades que te dejó!

Él la miró con lástima.

–Mi padre era ludópata. Lo vendió todo para poder pagar sus deudas de juego.

–Oh, vamos, el abogado de Orla consiguió la lista de sus bienes –dijo Aislin–. Sé que sus propiedades valían millones. Pero Orla no es ambiciosa, solo quiere una pequeña parte. Y, si insistes en negársela, me quedaré aquí hasta que cambies de opinión.

Dante estuvo a punto de reírse.

–La ley está de mi lado. ¿Crees que te saldrás con la tuya por ocupar ilegalmente una casa?

Ella lo miró con furia.

–La ley defiende al ocupante cuando se trata de casas abandonadas.

–Puede que en Irlanda, pero no en Sicilia –afirmó Dante–. Estás en mi propiedad, en mis tierras. Solo tengo que chasquear los dedos para que te saquen a rastras y te expulsen inmediatamente del país.

–Inténtalo –lo desafió ella, levantándose del sillón–. Inténtalo y acudiré a los medios de comunicación. Estas no son tus tierras, sino las tierras de tu padre. Mi hermana solo quiere la parte de la herencia que le corresponde, y me ha concedido la autoridad necesaria para representar sus intereses.

Aislin blandió la carta que Dante había dejado en la mesa. Pero, lejos de mirar el documento, él clavó la vista en sus lustrosas uñas y, a continuación, la pasó por sus voluptuosas caderas, su estrecha cintura y sus grandes senos, ocultos bajo el jersey. La encontraba tan atractiva que tuvo una erección, y se sintió tan incómodo que alcanzó su café en un intento de recobrar la compostura.

Aquello era absurdo. Se jactaba de ser un hombre sensual, pero no había tenido una erección tan inapropiada desde que estaba en el instituto, cuando una de las profesoras se inclinó sobre su pupitre y él vio su escote.

–¿Tu hermana ha vivido alguna vez en Sicilia?

–No.

Él dejó el café en la mesa.

—Supongamos que estás en lo cierto y que mi padre tenía millones cuando murió. ¿Qué te hace pensar que Orla tendría derecho a una parte? Salvatore me nombró heredero único, y no reconoció jamás a tu hermana. Las cosas podrían ser diferentes si hubiera vivido en mi país, pero no lo ha hecho. Cualquier abogado de Sicilia le diría que no tiene ninguna oportunidad.

Dante respiró hondo y añadió:

—En cualquier caso, esa hipótesis carece de sentido, porque mi padre no dejó nada. La lista que tienes está desactualizada, Aislin; es de los bienes que tenía mi abuelo cuando falleció, y mi padre lo vendió casi todo.

—¿Ah, sí? ¿Y qué me dices de las tierras de Florencia y de esta casa? —contraatacó ella.

—Que nunca fueron de mi padre. Mis abuelos me las dejaron a mí en fideicomiso porque temían que Salvatore las perdiera en alguna partida —respondió él—. La casa en la que estamos es todo lo que queda de las propiedades de mi familia, y te aseguro que no tengo intención alguna de venderla.

Dante fue sincero con Aislin. No se consideraba un hombre sentimental, pero aquella casa era el único lugar donde había sido feliz durante su infancia.

—Pues paga a Orla con tu dinero. Aunque estés diciendo la verdad, mi hermana tiene derecho moral a recibir algo. Además, ya te he dicho que no espera una suma elevada. Se conformaría con el precio de este lugar.

Él sacudió la cabeza. Estaba acostumbrado a que la gente los intentara estafar, pero la petición de Aislin era tan modesta y razonable que habría sentido pena por ella si se hubiera creído su historia. Sin embargo, no se la creía. Estaba convencido de que su padre no habría guardado en secreto la existencia de Orla.

–Pues no se llevaría gran cosa –replicó–. La casa no vale más de doscientos mil euros, y lo mismo se puede decir de las tierras de Florencia.

–Puede que eso sea calderilla para ti, pero para Orla es una fortuna.

–Si tanto lo quiere, ¿por qué no ha venido? ¿Por qué te ha enviado a ti?

–Porque ahora no puede salir de Irlanda.

–¿Seguro que no puede? ¿No será quizá que tenía miedo de vérselas conmigo y ha enviado a su preciosa hermana para que me seduzca con su belleza? –ironizó Dante–. ¿Por eso estás aquí? ¿Para tentarme?

Aislin lo miró con ira.

–Tienes una mente repugnantemente sucia –declaró.

–Sí, es posible –dijo él, levantándose–. Pero te estabas duchando cuando he llegado, como si me hubieras visto por la ventana y hubieras decidido utilizar tu cuerpo para impresionarme. Di la verdad, Aislin. Tu historia es un montón de mentiras. Buscaste una mujer que se pareciera a mí y le sacaste una fotografía para convencerme de que es mi hermana.

Aislin alcanzó la foto y señaló al pequeño, indignada.

–¿No te has fijado en el bebé que sostiene? Míralo bien. Es tu sobrino.

–Sí, claro que sí –dijo Dante con sorna–. ¿Qué mejor que un bebé para ablandar el corazón de un hombre y conseguir que te dé dinero? Reconozco que, de todos los estafadores que se han acercado a mí, tú eres la mejor y la más inteligente.

Aislin movió una pierna y, durante un momento, Dante pensó que le iba a pegar una patada. Pero se limitó a girarse, sacar el teléfono del bolso y plantárselo en la cara.

–¿Qué se supone que estoy mirando? –preguntó él. Ella suspiró.

–Más fotografías –dijo–. Tengo cientos de Orla y Finn.

–Déjalo de una vez. No te vas a salir con la tuya.

–¡Mira el maldito teléfono! –bramó Aislin.

Sus miradas se encontraron, y sintieron una descarga erótica tan intensa que los dos se sumieron en un silencio de asombro.

Al cabo de unos segundos, ella se alejó de él y clavó la vista en el suelo, desconcertada con lo que acababa de pasar. Era como si hubiera tocado algo cargado de electricidad estática y le hubiera dado calambre, con la gran diferencia de que la descarga en cuestión había sido de lo más placentera.

–Por favor, mira las fotos –dijo, armándose de valor.

No se podía decir que Aislin fuera una buena fotógrafa; cuando no cortaba la cabeza a la gente, ponía un dedo delante del objetivo y estropeaba la imagen. Pero la calidad de las fotos carecía de importancia. Eran la prueba documental de que no estaba mintiendo, de que no se había inventado la historia, de que Orla era la hermanastra de Dante.

Biológicamente, ella también era hermanastra de Orla, aunque la quería como si fueran hermanas en todo el sentido de la palabra. A fin de cuentas, se habían criado juntas y habían compartido habitación durante muchos años. Se protegían, se peleaban, jugaban y, de vez en cuando, se odiaban.

Dante se puso a caminar de un lado a otro, con la mirada clavada en el teléfono. Luego, se dirigió al sillón y se sentó sin decir nada, completamente concentrado en lo que veía.

Ella sintió una súbita debilidad, y se acomodó enfrente; pero estaba tan cerca de él que podía oír su respiración, la respiración de un hombre cuya vida estaba dando un vuelco en ese preciso momento.

Aislin conocía bien esa sensación. Orla había sufrido un accidente cuando estaba embarazada, y el parto prematuro posterior les causó tal impacto que tardaron mucho en recuperarse. Habían pasado casi tres años desde entonces, pero lo recordaba como si hubiera ocurrido ese mismo día.

Además, la verdad que Dante estaba descubriendo tenía que ser dura para él. Salvatore no le había hablado nunca de su hermana. Se había ido a la tumba con un secreto de tamaño monumental, y Aislin ni siquiera alcanzaba a imaginarse lo que debía de estar pasando por su cabeza.

—No soy una estafadora —dijo un par de minutos después, aunque le parecieron dos siglos—. Orla es tan hermanastra tuya como mía y Finn, tan sobrino tuyo como mío. Y sé que estará encantada de hacerse una prueba de ADN si se lo pides.

Dante la miró, le devolvió el teléfono y preguntó:

—¿Por qué está en el hospital? ¿Por qué lleva esas cosas en la cabeza?

Ella echó un vistazo a la foto que estaba mirando.

—Ah, eso… Se la hicimos hace seis meses, cuando le hicieron el electroencefalograma.

—¿Un electroencefalograma?

—Sí, para estudiar la actividad eléctrica del cerebro. Finn nació prematuramente, y sufrió una parálisis cerebral que le causó epilepsia. Ese es el motivo de que Orla no pudiera venir a Sicilia. Le aterra la idea de dejarlo solo. Y esa es también la razón de que quiera una parte de la herencia… No lo hace por avaricia, sino porque quiere darle un hogar donde pueda estar a salvo.

Aislin suspiró antes de añadir:

–Siento haber entrado en tu casa sin permiso. Sé que es ilegal, pero estaba desesperada. Finn te necesita, Dante. Necesita que le ayudes.

Dante se pasó una mano por el pelo, sintiéndose enfermo. Las fotografías no eran ninguna prueba concluyente, pero su instinto le decía que Aislin era sincera. Tenía un sobrino enfermo y una hermana que, por la fecha del certificado de nacimiento, debía de haber nacido cuando él tenía siete años, es decir, cuando su madre se divorció de su padre.

¿Le habría mentido ella también? ¿Habría conspirado con Salvatore para guardarlo en secreto? No tenía forma de saberlo, pero sus pensamientos volvieron rápidamente al niño de las fotografías que acababa de mirar.

–¿Cuántos años tiene?

–Le falta un mes para cumplir tres.

Aislin lo dijo con un tono extraño, como si sintiera pena de él, lo cual le molestó. ¿A qué venía eso? No lo conocía. No sabía nada de él. Lo único que tenían en común era una hermanastra y un sobrino enfermo.

Angustiado, cerró los ojos y se frotó el puente de la nariz. No tenía tiempo para esas cosas. El acuerdo con los D'Amore estaba en peligro, y solo le quedaban cinco días para convencer a Riccardo de que se merecía su confianza, de que no era como sus padres. De lo contrario, cerraría un trato con su principal rival.

Además, siempre había pensado que los negocios eran lo primero. Lo había aprendido siendo muy joven, al ver que Salvatore lo perdía todo por dar prioridad a las mujeres y el juego.

Sin embargo, la imagen de aquel pequeño entubado permaneció en sus pensamientos con tanta intensidad como la figura de la mujer que lo estaba mirando. Aislin era una mujer preciosa, e indiscutiblemente inteligente. Seguro que le quedaba muy bien un vestido de gala. Nadie se extrañaría si la veían con él.

–Te he dicho la verdad. Mi padre murió sin un céntimo –declaró lentamente–. Tuve que hacerme cargo de sus deudas, y no dejó nada más que esta casa. Pero, según la ley siciliana, tu hermanastra no tiene derechos sobre ella.

Aislin se recostó en el sillón, derrotada. Era una estudiante en la ruina y, en cuanto a Orla, se encontraba en una situación similar porque aún no había conseguido que el seguro le pagara la indemnización por la enfermedad de su hijo. Habían invertido todo su dinero en el billete de avión a Italia, y no podía volver con las manos vacías.

–Como ya he dicho, no tengo intención alguna de vender la casa. Ha sido de mi familia durante varias generaciones –continuó Dante–. Pero estoy dispuesto a darle a Orla la mitad de su valor.

–¿En serio? –dijo ella, sorprendida.

Él asintió.

–Cien mil euros, con la condición de que se haga una prueba de ADN –afirmó–. Si su identidad se confirma, el dinero será suyo.

Aislin se sintió inmensamente aliviada.

–Gracias, Dante. No sabes cuánto significa esto para...

–Tengo una oferta que hacerte –la interrumpió él–. Una oferta que no incluye pruebas de ADN.

–¿Qué tipo de oferta?

–Una que será beneficiosa para los dos –respondió Dante, mirándola con detenimiento–. Tengo que ir a una boda este fin de semana, y quiero que me acompañes.

–¿Quieres que te acompañe a una boda?

–Sí, en efecto. Y a cambio, te pagaré un millón de euros.

Capítulo 3

AISLIN se llevó tal sorpresa que solo fue capaz de decir:

–Pero…

Dante sonrió.

–Mi oferta es bien sencilla, *dolcezza*. Si vienes conmigo, te llevarás un millón.

–¿Un millón de euros por el simple hecho de acompañarte a una boda? –preguntó ella, incapaz de creérselo.

–Sí, y lo puedes utilizar como quieras. Te lo puedes quedar o dar una parte a Orla.

–¿Y a tu novia no le importará?

Dante arqueó una ceja, y ella se maldijo para sus adentros por haber dicho más de lo que pretendía.

–Ah, vaya… veo que me has investigado por Internet.

–Bueno, reconozco que vi unas fotografías tuyas cuando intentaba encontrar la forma de llamar tu atención –replicó ella con incomodidad.

La afirmación de Aislin no era del todo cierta. Efectivamente, solo había querido encontrar la forma de ponerse en contacto con él, pero no se había limitado a ver fotos. Ahora sabía que Salvatore había sido un seductor y que su multimillonario hijo también lo era. Dante no necesitaba pagar un millón de euros para

que una mujer lo acompañara a una boda. La mayoría
lo habría acompañado gratis.

Sin embargo, ella no era como la mayoría. No bus-
caba divertimentos pasajeros, sino una relación dura-
dera, y ya había cometido el error de enamorarse del
mayor ligón de la universidad, quien la había seducido con falsas promesas y se había acostado después
con una de sus amigas.

Además, la oferta de Dante la incomodaba por otras
razones. Si hubiera sido aburrido y feo, si no hubiera
tenido ningún carisma sexual, su reacción habría sido
distinta; pero era tan guapo que resultaba pecaminoso,
y tenía que estar loca para arriesgarse con un hombre
que la excitaba con el simple sonido de su voz.

Ahora bien, un millón de euros era un millón de
euros.

–No tengo novia, Aislin. Rompí con Lola el mes
pasado –le informó.

Dante la miró con intensidad, y ella tuvo que hacer
un esfuerzo para no perder la compostura.

–Seguro que hay un montón de mujeres que estarían encantadas de acompañarte. Y no tendrías que
pagarles nada –dijo.

–Ya, pero ninguna que me convenga.

–¿Qué significa eso?

–Que tengo que dar una imagen determinada, y tú
me serías de ayuda.

–Aun así, un millón de euros por una sola tarde…

–¿Quién ha dicho que es una sola tarde? Es todo
un fin de semana.

–¿Todo? –preguntó ella, jugueteando con su coleta.

–El novio es uno de los hombres más ricos de Sicilia. Está obligado a dar la fiesta más grandiosa que
pueda.

Dante lo dijo con un tono tan socarrón que Aislin estuvo a punto de reírse.

—Si acepto tu oferta, ¿hay algo más que deba saber?

—No, nada. Salvo que te presentaré como mi prometida.

—¿Cómo?

Dante sonrió de oreja a oreja.

—Tendrás que interpretar el papel de mi novia.

—¿Y por qué necesitas una novia?

—Porque el padre de la joven que se va a casar cree que puedo manchar su reputación.

—¿Y a qué se debe eso?

—Te daré las explicaciones pertinentes cuando aceptes mi ofrecimiento. Pero supongo que tendrás que pensarlo, así que dejaré que lo consultes con la almohada —declaró él—. Si tu respuesta es afirmativa, te llevaré a mi casa y te daré más detalles. Por supuesto, tendremos que estar juntos unos días para conocernos mejor y que nuestra actuación sea convincente.

—¿Y si la respuesta es negativa?

Él se encogió de hombros.

—Entonces, perderás un millón.

—Pero Orla se quedaría con sus cien mil euros, ¿verdad?

—Eso no tiene nada que ver. Solo depende de que se haga la prueba de ADN y confirme que somos hermanos.

Aislin dudó. Cien mil euros era una suma importante, pero un millón era otra cosa. Un millón podía cambiar sus vidas.

—¿Me lo prometes? —preguntó al final.

Él se levantó del sillón.

–Te doy mi palabra. Decidas lo que decidas, Orla tendrá lo que he prometido.

Aislin no supo por qué, pero le creyó.

Dante entró en la mansión de la playa y saludó al ama de llaves, quien casi tuvo éxito en su intento de no parecer sorprendida de verlo llegar en plena noche. La villa siempre había sido de su familia y, cuando su abuelo se dio cuenta de que Salvatore era capaz de perderla por su adicción al juego, pasó la propiedad a su nieto.

Sin embargo, Dante había permitido que su padre viviera en ella hasta su fallecimiento, y ahora no sabía si quedársela o venderla. Él prefería vivir en la ciudad y seguir soltero, pero su abuelo siempre había deseado que se casara, formara una familia y criara a sus hijos entre los muros de la mansión.

Desgraciadamente, su abuelo tampoco había sido un buen ejemplo de las virtudes del matrimonio. Había estado casado cuarenta y ocho años y, cuando su esposa murió, pasó los tres años siguientes celebrando su muerte. Dante estaba convencido de que las lágrimas que había derramado durante su entierro no habían sido de pena, sino de alegría.

Pero no podía negar que aquella villa era especial para él. Había crecido allí y, por si eso fuera poco, estaba llena de recuerdos de su padre. El simple hecho de entrar en el despacho y sentarse en su sillón, cosa que hizo momentos después, bastaba para que se sintiera como si volviera a ser el niño que se escondía bajo la mesa para asustar a Salvatore, quien siempre se fingía asustado.

Desde luego, el despacho también le recordaba cosas malas. Era el sitio donde su padre hablaba con él para informarle de la muerte de algún familiar, el sitio donde le había confesado que estaba en bancarrota, el sitio donde le había rogado que pagara sus deudas de juego. Pero la vida era así. Tenía momentos buenos y no tan buenos.

Tras abrir el ordenador portátil de Salvatore, se preguntó cómo era posible que hubiera guardado en secreto la existencia de Orla. Aislin decía que la había mantenido hasta los dieciocho años y, si estaba diciendo la verdad, habría registros de las transferencias bancarias, registros que estaba decidido a encontrar.

Pero aún no estaba seguro. Cabía la posibilidad de que Sinead O'Reilly no hubiera dicho a Salvatore que se había quedado embarazada de él. Cabía la posibilidad de que hubiera mentido a sus propias hijas y de que fuera realmente ella quien se había encargado de mantener a Orla.

Dante entró en la cuenta de su difunto padre y empezó a buscar, pero no encontró nada, porque el sistema no le permitió acceder a los registros antiguos de movimientos bancarios. Sin embargo, Salvatore era muy serio con esas cosas, y supuso que habría guardado los extractos en el archivador.

Una hora después, estaba sentado en el suelo entre un montón de papeles. Había encontrado la prueba que no quería encontrar.

Efectivamente, su padre había transferido sumas a la cuenta de Orla durante dieciocho años, hasta que llegó a la mayoría de edad. Todos los meses, le ingresaba dos mil euros en un banco irlandés.

Aislin se asomó por enésima vez a la ventana, esperando a Dante. Ya había hecho las maletas, que había dejado en la entrada; pero estaba tan nerviosa que le había faltado poco para marcharse al aeropuerto y huir de allí.

Cien mil euros era una suma sustancial, pero no tan apetecible como un millón. Orla se podría comprar una casa, hacer reformas para que Finn estuviera cómodo y tendría dinero para cualquier cosa que pudiera necesitar, desde llevar al niño de vacaciones hasta comprarle una silla de ruedas con motor. Hasta se podría comprar un coche.

Esa fue la razón de que Aislin no huyera, aunque lo estaba deseando. ¡Un millón de euros por asistir a una boda! Todos los problemas de su familia quedarían resueltos en un fin de semana. Y quedarían resueltos sin haber tenido que pasar por el calvario para el que estaba preparada cuando llegó a Sicilia.

¿Quién se iba a imaginar que el poderoso e implacable Dante Moncada demostraría tener conciencia y le concedería a Orla la mitad del valor de la casa de campo? El hecho de que insistiera con la prueba de ADN no tenía nada de particular. Era un hombre de negocios, y no había llegado a donde estaba por el procedimiento de creer lo primero que le decían.

En lugar de encontrarse con un monstruo, se había encontrado con un hombre arrogante que, sin embargo, sabía atender a razones. Pero, en ese caso, ¿por qué le incomodaba la idea de pasar unos cuantos días con él?

Justo entonces, Dante llamó a la puerta y entró, sobresaltándola. Aislin había abierto las contraventanas, y tuvo la impresión de que él brillaba bajo el sol de primavera.

Llevaba una camisa azul, unos vaqueros negros y una cazadora de cuero que le hacían parecer más sexy que la noche anterior. Su rizado pelo oscuro parecía más suave y sus verdes ojos, más intensos. Pero había un factor que aumentaba su atractivo, porque le daba un aspecto rebelde: no tenía cara de haber dormido a pierna suelta, sino de haber estado rumiando sus preocupaciones con una botella de whisky.

Aislin sintió un extraño calor entre las piernas, y supo lo que significaba. Lo suyo con Dante no era un simple reconocimiento de la belleza masculina. Lo deseaba.

—Ah, sigues aquí –dijo él, sin más.

—Tienes buena vista –ironizó ella.

Definitivamente, lo deseaba. Pero eso no quería decir que fuera a perder la cabeza. Había superado obstáculos mucho más difíciles que la tentación, y sabía controlar sus emociones. De lo contrario, no habría podido enfrentarse al ejército de funcionarios y oficinistas que intentaban negarle el derecho a ser la tutora de Finn mientras Orla se recuperaba de las heridas que había sufrido en el accidente.

—Tan buena vista como buen cerebro –replicó él.

—Y mucha modestia –se burló ella.

Dante sonrió.

—¿Debo suponer que vas a aceptar mi oferta?

—¿Un millón de euros por acompañarte unos días? Tendría que estar loca para rechazarla. Pero, antes de que la acepte, debo decir que nadie se va a creer que estemos comprometidos. Te acabas de separar de tu novia.

Él se sentó en el sofá, estiró las piernas y le guiñó un ojo.

—Todos saben que soy rápido con estas cosas.

—Eso no es motivo de orgullo.

—Bueno, sé ir despacio cuando hay que ir despacio.

Aislin se ruborizó ligeramente.

–Te advierto que no admitiré jueguecitos…

Dante se maldijo a sí mismo. No tenía intención de coquetear con ella, pero había sido incapaz de resistirse.

–¿Jueguecitos? ¿Te refieres al sexo?

El leve rubor de Aislin pasó a ser rojo intenso.

–No te preocupes –prosiguió él–. Nuestro acuerdo es estrictamente empresarial. Además, los novios son de familias muy conservadoras, y estoy seguro de que nos alojarán en habitaciones separadas.

Aislin estaba en lo cierto al suponer que Dante no había dormido. Lo había intentado, pero ni el consumo de media botella de whisky le había hecho conciliar el sueño. Su mente volvía una y otra vez a la sensual irlandesa que había ocupado su casa. La encontraba tan atractiva que, en otras circunstancias, habría ido a por ella sin dudarlo; pero tenía que concentrarse en el acuerdo con los D'Amore, por no mencionar el pequeño detalle de que Aislin seguía siendo hermana de su hermanastra.

Por suerte, también era la mujer perfecta para engañar a Riccardo. En primer lugar, porque no pertenecía a su mundo y, en segundo, porque era inteligente y estaba completamente comprometida con su familia, virtudes que Riccardo adoraría.

Lo único que tenía que hacer para salirse con la suya era abstenerse de tocar a Aislin. Y eso, que ya le había parecido bastante difícil en la soledad de la madrugada, se le antojó imposible al verla en persona otra vez. Era asombrosamente bella. Ya no llevaba el pelo mojado, como la noche anterior; estaba seco, y se mostraba con toda la gloria de una melena de color rojizo, como el pelo de un zorro.

Por lo demás, su aspecto no era particularmente

interesante. Se había puesto unas botas bajas, unos *leggings* negros y un jersey de color caqui que habían visto tiempos mejores, pero estaba tan sexy como si llevara un vestido de cóctel con un escote atrevido.

En ese momento, Aislin se frotó los brazos, enfatizando de forma inconsciente los senos en los que Dante estaba pensando.

—Muy bien. Si aceptas que lo nuestro será platónico, trato hecho.

—¿Hay algo más que te preocupe? Porque nos tenemos que ir.

—Sí, hay algo más —respondió ella, incómoda con la sensualidad de su mirada—. Quiero la mitad del dinero por adelantado.

—No.

—Necesito una garantía. Voy a fingir que me gustas durante todo un fin de semana, y no me gustaría que luego cambies de opinión y te niegues a darme el dinero.

—¿Es que no te gusto?

—¿Cómo puedo saber si me gustas? Nos acabamos de conocer, y no tengo motivos para confiar en ti.

Dante sonrió una vez más, encantado de que Aislin fuera tan directa. Lo encontraba muy refrescante.

—Te daré diez mil euros.

—Eso es calderilla.

—¿Cuánto dinero tienes en tu cuenta bancaria?

—¿Dinero? Mi cuenta solo tiene polvo.

Él estuvo a punto de soltar una carcajada.

—*Va bene*, que no se diga que no puedo ser razonable —dijo él, sacudiendo la cabeza—. Te daré cincuenta mil euros ahora, en mano o transferidos a tu cuenta, como prefieras. Tendrás el resto el domingo que viene.

Aislin asintió.

–De acuerdo.

Dante se levantó del sofá.

–Excelente. Vámonos.

–Nos iremos cuando me transfieras los cincuenta mil euros.

–¿No los quieres en mano?

–No, prefiero una transferencia.

Él suspiró y sacó el teléfono móvil.

–¿A qué nombre está la cuenta?

–Al de Orla O'Reilly.

–¿No quieres que te lo transfiera a la tuya? –preguntó él, frunciendo el ceño.

–El dinero no es para mí, sino para nuestra hermanastra y nuestro sobrino. Están muy necesitados, y no recibirán sus cien mil euros hasta que veas los resultados de la prueba de ADN, un proceso que puede durar varias semanas.

–¿Insinúas que no te vas a quedar el millón?

–Bueno, dejaré que Orla me invite a una pizza.

Dante se quedó completamente desconcertado.

–¿Qué pretendes? ¿Es que aspiras a la santidad? –dijo.

Ella lo miró con cara de pocos amigos, y él se encogió de hombros.

–Está bien, como tú digas. Pero necesito el número de la cuenta.

Aislin se lo dio, y él la volvió a mirar.

–¿Te lo sabes de memoria?

–Hace tres años, Orla sufrió un accidente de tráfico que la dejó en coma. Tuve que ocuparme de sus finanzas mientras estaba en el hospital, recuperándose.

–¿Por eso nació su hijo prematuramente?

–Sí.

Dante se estremeció, y se preguntó por qué le preocupaba la suerte de una mujer de la que no había oído hablar hasta el día anterior. Pero eso no era tan relevante como sus dudas sobre Salvatore, más vivas que nunca. ¿Se habría enterado de que Orla había sufrido un accidente? ¿Sabía siquiera que tenía un nieto?

Fuera como fuera, no podía permitir que el descubrimiento de su existencia lo desconcentrara. El acuerdo con los D'Amore era lo más importante en ese momento, y Aislin podía desempeñar un papel clave si él conseguía recordar que no le iba a pagar un millón de euros porque estuviera prendado de su belleza, sino porque le ayudaría a convencer a Riccardo de que no había salido a sus padres.

Además, Orla y Finn solo eran dos desconocidos, y seguirían siéndolo en cualquier caso. Que fueran de su misma sangre no significaba nada. La sangre no hacía familia y, aunque la hiciera, ya había sufrido bastante con la suya.

Su adorada madre lo había abandonado. Sus abuelos lo habían querido mucho, pero se peleaban constantemente e intentaban que tomara partido en sus disputas. La única persona por la que Dante habría hecho cualquier cosa era el difunto Salvatore, que había sido un padre fantástico durante su infancia, aunque poco convencional.

Sí, jugaba demasiado y salía con demasiadas mujeres. Sin embargo, eso no había impedido que estuviera siempre a su lado, apoyándolo en cualquier situación, frente a cualquier obstáculo que les pusiera la vida.

Y ahora descubría que era un mentiroso.

¿Por qué le iba a importar entonces su nueva familia, si la vieja le había mentido, abandonado o utilizado como arma arrojadiza?

Se había hartado de esas cosas. Prefería estar solo.

–Ya está. Te acabo de transferir el dinero de Orla –informó a Aislin–. Supongo que podrás disponer de él al final del día.

Ella frunció el ceño.

–¿Me has transferido los doscientos mil euros?

Dante asintió y dijo:

–Te di mi palabra y la he cumplido. ¿Ya nos podemos ir?

Capítulo 4

AISLIN miró por la ventanilla del coche. En cuestión de veinte minutos, habían pasado del bosque mediterráneo y los campos de cultivo a las brillantes luces de la capital de Sicilia, Palermo.

Por suerte para ella, Dante se había sentado con el chófer de modo que pudo disfrutar del paisaje sin tener que vérselas con el creciente deseo que sentía, un deseo que él parecía compartir. Pero ¿lo compartía de verdad?

Desgraciadamente, Aislin tenía tan poca experiencia en materia de hombres que no se podía fiar de su instinto. Se había criado en una aldea de Kerry, con pocos niños para jugar, y la situación no mejoró cuando llegó al instituto. Luego, ya en la universidad, estaba tan ansiosa por tener un novio que habría hecho lo que fuera por conseguirlo; pero se topó con un grupo de jóvenes que estaban puntuando a las chicas en función de su belleza, y eso la marcó.

Desde entonces, hacía lo posible por mantener las distancias con ellos. Sabía que algunas mujeres disfrutaban con ese tipo de juegos, encantadas de que las votaran del uno al diez, pero ella era diferente.

Sin embargo, todo cambió en el segundo año de la carrera, cuando Patrick la empezó a cortejar. Lejos de intentar desnudarla al instante, le regalaba flores o le pedía ayuda con sus estudios y, como Patrick era uno de los chicos más populares de la facultad, a Aislin se le llenó la cabeza de pájaros.

Todo fue bien durante los seis primeros meses. Se pronunciaron palabras de amor y, por supuesto, ella se las creyó. Pero el accidente de Orla la obligó a concentrarse en su hermana y su sobrino, y Patrick terminó acostándose con la compañera de piso de Aislin, a quien consideraba una buena amiga.

Tres años después, estaba tan sola como al principio. No quería salir con nadie y, aunque hubiera querido, no tenía tiempo para nada. Y, de repente, Dante aparecía en su vida y destrozaba su tranquilidad emocional con una facilidad desconcertante; quizá, porque era mucho más atractivo que Patrick.

Ni siquiera sabía qué le parecía peor, si la posibilidad de que la deseara o la posibilidad de que no. La miraba como si sintiera lo mismo que ella, pero hablaba como si aquello fuera un simple asunto de negocios y, además, seguía desconfiando de él. Que estuviera cumpliendo su parte del trato no significaba que lo fuera a cumplir íntegramente. Era un hombre poderoso, cuya apariencia afable ocultaba un fondo oscuro.

Mientras avanzaban por las calles de Palermo, Aislin se sintió como si hubieran viajado al pasado. Había tantos edificios antiguos que se imaginó viviendo en un palacio, entre guardaespaldas armados; y se llevó una sorpresa cuando el coche se detuvo en un callejón que daba a una casa de cuatro pisos de altura, de paredes color crema, balcones de hierro forjado y montones de flores.

—Ya hemos llegado —dijo Dante.

—¿Vives aquí?

Aislin no se lo podía creer. Estaban en un barrio

normal, pero Dante era multimillonario. ¿No habría sido más lógico que viviera en una mansión o en uno de esos pisos de lujo donde vivían los ricos?

Justo entonces, un adolescente de cazadora de cuero se acercó al vehículo y abrió la portezuela de Dante, que salió, estrechó la mano del recién llegado y se puso a hablar con él animadamente mientras el chófer la ayudaba a salir a ella. Luego, el joven interrumpió la conversación que mantenían y sacó el equipaje del maletero.

Desconcertada aún con la aparente normalidad del lugar donde estaban, Aislin se quedó clavada en el sitio hasta que Dante la miró con humor y le indicó que les siguiera. ¿Sería posible que viviera verdaderamente allí?

El interior del portal era tan poco reseñable como el resto. Tenía una escalera de lo más corriente, y lo mejor que se podía decir al respecto era que las paredes estaban libres de pintadas y que no olía mal. Pero todo cambió cuando, en lugar de subir por la escalera, Dante pulsó el botón del ascensor.

Aislin parpadeó al ver la ancha moqueta del suelo y los enormes espejos, sin una sola mota de polvo. Era el tipo de ascensor que se podía ver en cualquier hotel de lujo.

Momentos después, salieron al pequeño vestíbulo de la última planta, donde solo había una puerta. Entonces, el joven se adelantó y la abrió, ganándose el agradecimiento de Dante, que le dio un par de billetes a modo de propina. Aislin no entendió lo que decían, porque hablaban en italiano; pero entendió el nombre del adolescente, Ciro.

–¿No vas a entrar? –preguntó Dante al cabo de unos segundos.

–Esto no es una broma, ¿verdad? Vives aquí, ¿no?

–No, no es ninguna broma –dijo él, clavando en ella sus ojos verdes–. Anda, pasa de una vez. No tienes nada que temer.

Aislin entró, y lo que vio la dejó boquiabierta.

–¿No es lo que esperabas?

Ella sacudió la cabeza, mirando las preciosas molduras de los altos techos.

–Pues espera a ver lo demás –continuó él.

–Dios mío…

–¿Te gusta?

–No sé qué decir –admitió ella.

Dante siempre disfrutaba de la reacción de la gente al ver su hogar. Había comprado la planta entera del edificio y la había convertido en una sola casa, pero sin usar las típicas tácticas marrulleras de tantos hombres poderosos. No había tenido que presionar a nadie para que le vendiera su propiedad. Sencillamente, había pagado el doble de lo que valían y, como una pareja de ancianos se negaba a vender, solucionó el problema mediante el procedimiento de contratarlos.

En cuanto al resto del edificio, lo compró de la misma forma y lo dividió en apartamentos para sus empleados, que vivían allí. De ese modo, estaba constantemente protegido sin tener que compartir su espacio personal.

–¿No tienes jardín? –preguntó ella, mirando por un balcón.

Dante la miró con asombro. Era la primera vez que le preguntaban eso.

–No, no tengo.

–¿Ni siquiera en la azotea?

–No, ni siquiera –respondió Dante–. La azotea es un patio con una piscina.

–Ah –dijo ella, nuevamente sorprendida–. Es una buena idea, pero ¿qué haces en invierno?

–Depende del tiempo que haga. Está climatizada; pero, si hace mucho frío, uso la de la planta baja, que está dentro.

–¿Tienes dos piscinas y ningún jardín?

–Nunca he sentido la necesidad de tener un jardín.

–¿Y qué pasará si tienes niños?

–Tampoco siento el deseo de tenerlos.

Aislin frunció el ceño.

–¿Eso es lo que vamos a decir a la gente?

–¿De qué demonios estás hablando?

–De que les vamos a decir que nos hemos comprometido y, si los italianos se parecen a los irlandeses, querrán saber cuántos niños tendremos.

–Bueno, si te preguntan eso, di que no lo hemos pensado todavía –contestó Dante–. Y, ahora, permíteme que te enseñe tu habitación… Espero que te guste más que el resto de la casa.

–Yo no he dicho que no me guste. Es que estoy abrumada con su tamaño –declaró ella–. Vivo en una casucha ridícula, que comparto con Orla y Finn.

Aislin no estaba exagerando. Vivía en una minúscula casa de dos habitaciones, lo único que les había dejado su madre cuando hizo las maletas y se fue, decidida a recuperar su juventud perdida. Pero, al menos, había tenido la decencia de transferirles la propiedad.

Habían pasado cinco años desde entonces, y Aislin empezaba a pensar que había salido definitivamente de sus vidas. A fin de cuentas, si Sinead O'Reilly no había vuelto tras el terrible accidente de Orla y el nacimiento prematuro de su nieto, no había nada que la pudiera hacer volver.

Fuera como fuera, también era cierto que el tamaño y la belleza del domicilio de Dante la tenían desconcertada. La luz del sol daba un tono alegre a los oscuros muebles de madera, que de otro modo habrían resultado sombríos, y todo tenía un aire tan vibrante y suntuoso como su sexy dueño.

–¿Cómo vamos a convencer a nadie de que vivo en tu mundo? –preguntó ella, repentinamente ansiosa.

Él la miró un momento y sonrió.

–Esa es precisamente la razón de que seas perfecta para interpretar el papel de mi novia. Eres distinta a las demás. No te pareces en nada a mis amantes habituales. Eres tan diferente que Riccardo te va a adorar.

–¿Quién es Riccardo?

–Riccardo d'Amore es el hombre al que debemos engañar.

–¿Y por qué tenemos que engañarlo? Discúlpame, pero aún no me has explicado por qué quieres que finja ser tu prometida.

Dante la estaba llevando por una sala llena de obras de arte, desde cuadros hasta esculturas; y, al llegar a otro salón, dijo:

–He estado negociando con el hijo de Riccardo, Alessio. Tiene un programa informático que me ayudaría a entrar en el mercado estadounidense, pero la muerte de mi padre provocó un bombardeo de noticias negativas. La prensa hablaba continuamente de su adicción al juego y las mujeres y, como Riccardo es un hombre conservador, tuvo miedo de que yo haya salido a él y saboteó el acuerdo que Alessio y yo estábamos a punto de alcanzar.

–¿Puede hacer eso?

Dante asintió.

–Me temo que sí. Alessio dirige la compañía, pero Riccardo es el accionista mayoritario.

–¿Y fingirnos novios cambiará la situación?

–Mira… Riccardo cree que el juego es cosa del diablo y que el sexo fuera del matrimonio es pecado. Imagínate lo que pensará de mí, teniendo en cuenta que mi padre era ludópata y mi madre se divorció de él –respondió Dante–. Pero puede que me gane su confianza si me ve contigo. Eres una mujer inteligente, trabajadora y completamente leal a tu familia.

–Lo entiendo, pero ¿cómo lo vamos a convencer de que estamos comprometidos? Acabas de romper tu última relación y, por muy rápido que seas, nadie creería que te hayas embarcado en otra.

Dante clavó la vista en sus labios y se preguntó a qué sabrían. Aislin le gustaba tanto que casi no se podía controlar. Se sentía como si volviera a ser un adolescente, como si no fuera un adulto que se había acostado con docenas de mujeres.

–Nos atendremos a la verdad en todo lo que podamos –replicó él–. Diremos que nos conocimos cuando viniste a Sicilia para hablarme de tu hermana, lo cual es cierto.

–De nuestra hermana –puntualizó Aislin.

–De nuestra hermana –repitió Dante con un suspiro–. En cuanto a lo demás, nos limitaremos a decir que fue un flechazo, que nos enamoramos a simple vista. Eres tan diferente que me quedé prendado de ti en cuanto nos vimos, y supe que quería casarme contigo y vivir para siempre a tu lado.

Cuando terminó su declaración, Dante se dio cuenta de que estaba hablando en voz baja y de que había avanzado hacia ella sin ser consciente. De hecho, estaba tan cerca que sintió el impulso de alzar un brazo y acariciarle la mejilla, aunque se refrenó.

–¿Porque soy diferente? ¿Solo por eso? –preguntó ella, en un tono tan bajo como el suyo.

–Sí –respondió él, deseándola con toda su alma.

–¿Y diremos la verdad sobre Orla?

El recordatorio del gran secreto de su padre le sentó como si le hubieran echado un cubo de agua fría, así que carraspeó y dio un paso atrás.

–Las mentiras tienden a complicar las cosas. Como ya he dicho, nos atendremos a la verdad cuando sea posible, sin inventar nada más que nuestra decisión de casarnos. Y ahora, si no te importa, tengo cosas que hacer.

–Ah.

–Tu habitación está al final de ese pasillo, a la izquierda –le informó–. Acomódate y explora todo lo que quieras, como si estuvieras en tu casa. Nos veremos dentro de una hora y comeremos algo.

Dante pensó que una hora sería tiempo suficiente para expulsarla de sus pensamientos y concentrarse en lo importante. Iban a estar juntos cinco días, y no se podía permitir el lujo de que el deseo se impusiera a la razón. Sería complicar las cosas innecesariamente.

Pero ¿cómo era posible que la deseara tanto? No se había sentido así en toda su vida.

Desesperado, entró en su despacho y cerró la puerta, dejando perpleja a la excitada Aislin, cuyo corazón latía como si se quisiera salir de su caja torácica.

Durante un momento, había creído que la iba a besar y, por si eso fuera poco, había ansiado que la besara. El cosquilleo de sus labios y la tensión casi eléctrica de su cuerpo eliminaban cualquier tipo de duda. De hecho, tuvo que sacar fuerzas de flaqueza para no abrir la puerta del despacho y abalanzarse sobre él.

Molesta con sus propias emociones, se mordió el labio inferior. ¿Qué demonios estaba haciendo? Que Dante le gustara no quería decir que el sentimiento fuera mutuo y, aunque lo fuera, no debía desearlo. Era Dante Moncada, un famoso mujeriego; el hijo del hombre que había seducido a su madre en su juventud.

No, no perdería la cabeza por él. Recobraría el aplomo y apagaría el fuego de aquella condenada atracción. Costara lo que costara.

Capítulo 5

LAS INQUIETUDES de Aislin desaparecieron temporalmente cuando entró en el dormitorio del final del pasillo.

¿Aquello era una habitación de invitados?

Por su tamaño, podría haber sido un piso entero. Tenía una cama gigantesca, un vestidor tan grande como el salón de su casa de Irlanda, una salita con un sofá de cuero y todo tipo de aparatos modernos, incluido un televisor de pantalla plana. Pero eso no le sorprendió tanto como el lujoso cuarto de baño, donde vio un jacuzzi y una ducha descomunal.

Tras detenerse ante el espejo, se miró las puntas y frunció el ceño. ¿Cuándo se había cortado el pelo por última vez? Al pensarlo, llegó a la conclusión de que había pasado más de un año, y se alegró de que sus cejas no exigieran demasiado mantenimiento porque, de lo contrario, habría parecido un licántropo.

Su vida había cambiado mucho desde el accidente de Orla. Ya no se preocupaba por cosas como el peinado y el maquillaje. Había perdido la escasa vanidad que tenía, y estaba tan ocupada que, cuando por fin retomó sus estudios universitarios, se matriculó en una universidad a distancia para poder estar en casa y cuidar de su hermana y su sobrino.

Sin embargo, eso no justificaba que descuidara su aspecto hasta ese punto. ¿Cómo le iba a gustar a Dante si no hacía nada por estar guapa? Sí, le había dicho que era diferente, que no se parecía a ninguna de sus amantes; pero, por lo que veía en el espejo, quizá era una forma de decir que no la encontraba atractiva.

Una vez más, intentó recordarse que no quería gustarle. Dante le iba a pagar un millón de euros por fingirse su novia, no porque fuera la mujer más sexy del mundo.

Aislin arrugó la nariz y salió al pasillo, decidida a explorar la casa.

Y menuda casa que era.

Se sentía como si estuviera en uno de esos programas de televisión donde una elegante dama enseñaba el lujoso interior de su mansión, aunque ni la mansión fuera suya ni lo suyo fuera precisamente el glamour.

Durante los minutos siguientes, descubrió dos comedores, seis dormitorios tan grandes como el suyo, tres salones, varias salitas llenas de obras de arte y un vestíbulo central con una fuente en medio. Eso, en los dos pisos superiores, porque el más bajo tenía nada más y nada menos que un gimnasio, una ducha de hidromasaje y una piscina interior que hasta los romanos habrían considerado decadente.

Aún estaba mirando el agua de la piscina cuando su móvil empezó a sonar.

–¿Dígame?

–¡Acabo de recibir una notificación del banco! ¡Dante Moncada me ha ingresado doscientos mil euros en la cuenta! ¿Se puede saber qué está pasando? Dijiste que me pagaría los cien mil cuando me hiciera la prueba de ADN.

–¿Ya están ingresados?

–Sí –dijo su hermana, tan emocionada que rompió a llorar.

–Tranquilízate, Orla.

–¿Qué ha pasado? –acertó a decir–. No entiendo nada.

–Bueno, he llegado a un acuerdo con él –declaró Aislin, respirando hondo–. Me pagará por fingir ser su novia.

–¿Cómo?

–Solo será un fin de semana, por algo relacionado con un negocio que necesita cerrar. Tiene que parecer respetable –le explicó Aislin–. Pero no te preocupes por mí. No hay nada siniestro o perverso en ello.

–Si no hay nada perverso, ¿por qué ha pagado doscientos mil euros?

–En realidad, es…

Aislin estuvo a punto de decir que era un millón de euros, pero se refrenó porque eso dependía de que consiguieran engañar a Riccardo d'Amore.

–¿En realidad?

–Nada, olvídalo. Y no te preocupes, por favor. Dante me encuentra tan atractiva como a un rinoceronte. Ha sido magnánimo por el asunto del negocio y porque quiere hacer algo por ti. Pero no se lo digas a nadie.

–¿Y a quién se lo voy a decir? ¿A Finn? ¿A las enfermeras del hospital? –ironizó su hermana.

–Hablando de Finn, ¿qué tal está?

–Tiene un buen día, aunque te echa de menos. ¿Cuándo piensas volver?

A Aislin se le encogió el corazón. Finn la quería tanto como quería a su madre, y esa era la primera vez que estaban separados.

–Si todo sale bien, a principios de la semana que viene.

–De acuerdo, pero ten cuidado con él. Dante tiene fama de mujeriego.

–No soy su tipo. No pasará nada.

–¿Ha dicho si quiere verme?

–Todavía no. Creo que no quiere dar más pasos hasta que asegure ese negocio. Es importante para él.

–¿Más importante que su hermana y su sobrino?

Aislin había hablado con Orla la noche anterior, así que estaba al tanto de lo sucedido; pero no parecía ser consciente de lo que todo aquello significaba para Dante, y optó por defenderlo.

–Dale un poco de tiempo. Hasta ayer, ni siquiera sabía que tuviera una hermana. No es fácil de asumir.

Cuando terminaron de hablar, Aislin se sentía inmensamente aliviada. Por muchas dudas que tuviera sobre Dante, no podía negar que cumplía su palabra. Había ingresado el dinero. Ya estaba en manos de Orla.

No estaba jugando con ellas.

Incluso en el caso de que no consiguieran engañar a Riccardo, los doscientos mil euros seguirían siendo de su hermana y, cuando Dante viera el resultado de la prueba de ADN, sumaría cien mil más que cambiarían definitivamente sus vidas, con independencia de lo que pasara en la boda y de la relación que Dante quisiera establecer con ellas.

De repente, se sintió en la necesidad de darle las gracias, así que corrió a su despacho y llamó a la puerta.

Dante, que estaba escribiendo una carta, se sobresaltó.

–Adelante –dijo, sabiendo que era ella.

Aislin entró con una cara tan radiante que le pareció la mujer más bella de la Tierra. Y Dante se maldijo para sus adentros, porque volvió a perder el control de sus emociones.

–Estoy a punto de terminar –declaró, incómodo.

Ella sonrió de oreja a oreja.

–No pretendía molestarte. Solo quiero darte las gracias.

–¿Por qué?

–Porque el dinero ya está en la cuenta de Orla. No sabes lo feliz que la has hecho.

Aislin apoyó las manos en la mesa, lo miró con intensidad y añadió:

–Ahora sé que eres un hombre de fiar, y quiero que sepas que yo soy una mujer de fiar y que intentaré ser la mejor novia que el dinero pueda comprar. Haré todo lo que me digas durante la celebración de la boda, y me aseguraré de que Riccardo crea que estamos profundamente enamorados.

La imaginación de Dante se desbocó, y empezó a pensar en todas las formas posibles de tomarle la palabra, empezando por tumbarla en la mesa y penetrarla.

–Solo tienes que ser tú misma –replicó, haciendo un esfuerzo por contenerse–. Pero tendremos que comprarte ropa adecuada.

–¿Qué quieres decir con «adecuada»?

–Algo que esté a la altura del acontecimiento y con lo que te sientas cómoda.

–Umm… No sé si la ropa que a mí me parece cómoda sería precisamente adecuada –afirmó ella.

–Bueno, hay tiendas con profesionales que sabrán ayudarte a elegir. Si te parece bien, mañana iremos de compras.

Ella frunció el ceño.

–Tendrás que prestarme dinero, porque no tengo ni un céntimo.

Dante arqueó una ceja. Todas las mujeres con las

que salía daban por sentado que los gastos corrían de
su cuenta, pero Aislin también era distinta en ese sentido.

–Mientras trabajes para mí, no tendrás que pagar
nada.

–Vaya, ¿ahora eres mi jefe?

–Te pago por un servicio, de modo que sí, soy tu
jefe.

–No juegues con tu suerte, Moncada –replicó ella,
entrecerrando los ojos.

–¿Cómo?

–Ni tú eres mi jefe ni yo tu empleada. Sencillamente, tenemos un acuerdo que es beneficioso para
los dos. No estropees mi agradecimiento, por favor.

–Si te has sentido insultada, perdóname –dijo
Dante, desconcertado–. Solo quería decir que estás en
mi casa y en mi mundo, un lugar donde la vida es
bastante cara. Y lo estás por mi culpa, así que es lógico que asuma los gastos.

Aislin volvió a sonreír.

–Dicho así, suena mejor.

Incómodo, Dante se levantó del sillón y alcanzó la
cazadora, que había dejado en el respaldo.

–Es hora de comer –anunció.

–¿Vamos a salir?

Él asintió. Había hablado con su chef para que pre-
parara algo de comer, pero tenía miedo de lo que pudiera pasar si se quedaban en la casa. El deseo de tocarla era tan intenso que casi no se podía controlar.

¿Cómo iba a sobrevivir a cinco días con ella? Solo
se le ocurría una forma: un montón de duchas frías.
Pero, de momento, podía empezar por comer con ella
en un local público y evitarse tentaciones innecesa-
rias.

–¿Te apetece algo en particular? –le preguntó.

Aislin sonrió un poco más.

–Sí, pizza.

Cuando salieron a la calle, Aislin miró el despejado cielo azul y se quitó el jersey, aprovechando que debajo llevaba una camiseta negra. La caricia del sol resultaba muy agradable tras el largo invierno.

Un segundo después, se anudó el jersey a la cintura y, al ver que Dante la estaba mirando como si fuera un bicho raro, dijo:

–Aún no estamos con tus amigos de la alta sociedad.

–No, pero ¿no tendrás frío en camiseta?

–¿Frío? Comparado con el clima de Irlanda, esto es una maravilla. No había visto el sol desde septiembre del año pasado.

Aislin no podía estar más contenta. El dinero estaba en la cuenta de Orla, y el resto llegaría con la prueba de ADN; pero, por mucho que se alegrara de ello, sus pensamientos no estaban en Finn y su hermana, sino en Dante. Se había portado maravillosamente bien. En lugar de echarla de su casa de campo, le había ofrecido la solución de sus problemas. Y estaba decidida a devolverle el favor.

Mientras caminaban por las empedradas calles, seguidos a escasa distancia por dos guardaespaldas, Aislin se dedicó a admirar la ciudad. Había puestos de flores, tiendas de frutas y verduras y terrazas donde la gente fumaba, charlaba y tomaba café.

–Palermo es tan vibrante… –dijo al cabo de un rato–. No se parece a ninguno de los sitios que conozco.

–¿Has viajado mucho?

–Fuera de Irlanda, no. Estuve en Londres un par de veces, y pasé un verano en la campiña francesa, trabajando en la vendimia –respondió ella–. Pero llevaba tres años sin salir de Kerry, y esto es completamente distinto.

–¿En qué sentido?

–¡Para empezar, en que no llueve! –exclamó Aislin con entusiasmo–. Aunque no quiero ser injusta con mi tierra, es un lugar precioso, y el sol se digna a salir de vez en cuando. Además, nuestro pueblo está junto a un bosque lleno de animales, que ocasionalmente se acercan a las casas. Cuando tenía diez años, vi un ciervo en el jardín. Orla se puso a gritar, y el ciervo salió corriendo.

Dante escuchó sus explicaciones con una sonrisa en los labios. La transferencia bancaria había servido para que dejara de estar a la defensiva y se mostrara tal como era, una chica encantadora que adoraba hablar.

Al llegar a la pizzería, se preguntó cómo era posible que se hubiera equivocado tanto. La había sacado de la casa pensando que el paseo enfriaría su tórrida imaginación, pero Aislin estaba tan sexy con sus botas, sus *leggings* y su jersey atado a la cintura que tuvo que meterse las manos en los bolsillos para no tocarla.

Su amigo Gio, que era el dueño del local, lo saludó con un abrazo y dos besos en las mejillas. Dante se los devolvió y le presentó a Aislin, quien recibió el mismo tratamiento cariñoso, como si se conocieran de toda la vida.

Tras sentarse, ella miró a Dante con curiosidad y preguntó:

–¿Todos los sicilianos son tan besucones?

–¿Besucones? No sé qué quieres decir.

–Bueno, te ha besado en las dos mejillas. Y tú has hecho lo mismo.

Él se encogió de hombros.

–Es algo típicamente siciliano. A los mediterráneos nos gusta el contacto.

–Pues yo no conozco a ningún irlandés que no se liara a puñetazos si otro hombre le diera un beso.

Dante rompió a reír.

–Me encanta tu sentido del humor –dijo.

–Qué quieres que le haga… Soy irlandesa. Será cosa de la tierra.

Aislin pidió una cerveza al camarero y, al darse cuenta de que Dante parecía sorprendido, se sintió en la necesidad de tranquilizarlo.

–No te preocupes. Cuando estemos en la boda, pediré vino. No te dejaré en mal lugar.

–De ninguna manera. Quiero que seas tú misma durante todo el fin de semana. Si quieres tomar vino, tómalo; pero, si prefieres cerveza, toma cerveza.

–Oh, vamos, no puedo hacer eso si todos los demás toman champán o cosas así –alegó ella–. Además, lo que dices no es cierto. ¿Cómo puedo ser yo misma si quieres que lleve ropa de una boutique?

–Ropa que elegirás tú y nadie más que tú –puntualizó él–. Lo digo en serio. Quiero que estés relajada y que seas como eres.

Aislin alzó su cerveza a modo de brindis.

–Me alegra saberlo, porque el vino no me sienta muy bien.

–¿Por eso bebes cerveza?

–No, bebo cerveza porque es lo que me puedo permitir. Soy una estudiante en la ruina, ¿recuerdas? Es eso o pedir algún alcohol barato que probablemente lleve limpiacristales.

Dante, que no sabía por qué le resultaba tan divertida su cháchara, clavó la vista en sus maravillosos labios y se alegró de que la pizza llegara en ese momento, porque no estaba seguro de poder controlarse.

Aliviado, alcanzó una porción y se la llevó a la boca. Era consciente de que el colesterol había empeorado los problemas cardíacos de su padre y lo había llevado a la muerte, pero se le había hecho la boca agua al ver que Aislin pedía una pizza de embutidos sicilianos, que devoró como una estudiante hambrienta; es decir, lo que era.

—Espero que no te sientas insultada, pero ¿no eres un poco mayor para seguir en la universidad? —preguntó.

—Ten en cuenta que tuve que dejar la carrera cuando mi hermana sufrió el accidente —explicó ella.

—¿Y no echas de menos las clases? Estando aquí, te estarás perdiendo algunas.

Aislin sacudió la cabeza.

—No me pierdo nada. Como tenía que estar en casa para cuidar de Finn, me matriculé en la universidad a distancia.

—¿Y qué estudias?

—Historia, aunque me especializaré en historia medieval europea.

—¿Con intención de hacer qué?

—Ni idea. Quería ser profesora, pero ya no estoy segura de que pueda soportar la politiquería de los claustros y las tonterías de los adolescentes. No soy tan tolerante como antes.

—¿Y cuál es la razón de eso?

—Tuve que soportar de todo con el pobre Finn. Orla estuvo mucho tiempo en coma y, como además se había dañado la espalda y tenía un brazo roto, me vi en la obligación de ser la tutora de mi sobrino, lo cual fue bastante difícil.

–¿Por qué? –preguntó Dante con interés–. ¿Porque tuviste que renunciar a tu vida?

–No, por la actitud de las autoridades médicas. No creían que una chica de veintiún años estuviera preparada para asumir la custodia temporal de un bebé con problemas ni para controlar las finanzas de Orla. Querían llevar el asunto a los tribunales. ¡Ni siquiera me dejaban ponerle un nombre!

Aislin, que se había indignado mientras hablaba, respiró hondo y añadió:

–Cuando Orla volvió en sí, me dio permiso para encargarme de todo, pero los problemas continuaron. Todo es tan burocrático que te entran ganas de llorar.

Dante intentó comerse otra porción de pizza, y descubrió que ya no tenía hambre. Por algún motivo, se sentía culpable de las dificultades de Aislin.

–¿Y dónde estaba el padre de Finn, si se puede saber?

–Ah, esa es la cuestión –dijo ella, echándose hacia delante–. No sé dónde está. Orla se negó a decirme quién era el padre al principio y, como tuvo problemas de memoria por culpa del accidente, ahora afirma que no se acuerda.

Dante arqueó una ceja.

–¿Y la crees?

–Por supuesto que no. Quizá tenga lagunas de verdad, pero estoy segura de que me miente –contestó ella–. Y, como se te ocurra contarle que yo he dicho eso, te estamparé una pizza entera en la cara.

Él sonrió, divertido.

–¿Me estás amenazando?

Segundos después, Dante estuvo tentado de preguntarle dónde había estado su madre durante todo el proceso, pero no se lo preguntó. A decir verdad, no quería saber nada sobre la antigua amante de Salvatore; sobre todo, porque le incomodaba pensar que su padre había sentido lo mismo por ella que él por Aislin.

Pero… ¿qué tenía aquella mujer para que le gustara tanto? ¿Por qué volvía a clavar los ojos una y otra vez en sus labios, como, si en lugar de estar comiendo, lo estuviera provocando? Era de lo más irritante. Todo lo que hacía le parecía extrañamente erótico, y cuanto más tiempo pasaba con ella, más la deseaba.

De repente, la perspectiva de estar juntos bajo el mismo techo le pareció inadmisible. Sus empleados vivían en otros pisos del edificio, así que no podían ejercer de carabinas que impidieran que las cosas fueran a más. No tenía más remedio que cambiar sus condiciones laborales para que estuvieran presentes.

Definitivamente, era lo único que podía hacer. Necesitaba conocerla mejor para engañar a Riccardo d'Amore, pero en un ámbito seguro, donde no corriera riesgos.

Tras pensarlo un momento, se dijo que no podía ser tan difícil. A fin de cuentas, solo tenía que asegurarse de no quedarse a solas con ella hasta que sus caminos se separaran y regresara a su país.

Capítulo 6

CUANDO Aislin y Dante volvieron a la casa, ella se quedó sorprendida con la abundancia de empleados sin uniforme que se afanaban en limpiar lo que ya estaba inmaculadamente limpio.

–Tomemos algo en la azotea mientras nos preparan la cena –dijo él, cruzando uno de los salones.

Aislin asintió. La casa de Dante era tan increíble que ardía en deseos de ver lo que había hecho en su parte más alta.

–De acuerdo, pero no quiero más café.

Él sonrió y la llevó por una puerta que daba a una escalera exterior, de metal.

El tiempo que habían estado en la pizzería se le había pasado volando a Aislin. Cuando terminaron de comer, se enfrascaron en una conversación que acompañaron con una cantidad increíble de tazas de café, lo cual explicaba su comentario. Dante le dijo que había crecido en Palermo, en la villa que su familia tenía en la playa, aunque prefería vivir en la ciudad, y hasta le habló de su negocio y su deseo de expandirse en los Estados Unidos.

La narración de sus éxitos profesionales hizo que Aislin se sintiera incómoda con su propia vida, porque no se podía decir que hubiera conseguido mucho; pero no era esa su intención, así que se relajó y le habló a su vez de su infancia, sus amigos, su relación con Orla, su pasión por los musicales, su amor por la historia medieval y sus difuntos abuelos.

Dante la escuchó con sumo interés, y Aislin se dijo que solo lo hacía porque necesitaba recordar los detalles para engañar a Riccardo. Sin embargo, eso no impidió que se sintiera profundamente halagada. ¿Qué mujer no habría perdido la cabeza al tener la atención de un hombre tan sexy como él?

Y, cuando salió a la azotea y sintió el sol de última hora de la tarde calentando sus hombros, la perdió un poco más.

La vista de los edificios de Palermo, que se extendían hasta el mar, era tan bella que cortaba el aliento. Tardó unos segundos en fijar su atención en la azotea, y se quedó asombrada con lo que vio: una piscina enorme con un jacuzzi adjunto; un bar más grande que un pub irlandés; la mayor parrilla que había visto en su vida; una zona de baile y montones de asientos de todo tipo, desde tumbonas hasta sillones, pasando por hamacas y sofás.

Además, la ausencia de jardín ni siquiera se notaba, porque había tantas plantas que producían el mismo efecto.

Al cabo de unos instantes, un empleado se les acercó con dos zumos de naranja y, a continuación, se sentó en un taburete tras la barra del bar, para estar disponible por si querían beber otra cosa.

—Es como estar en otro mundo —dijo ella, clavando la vista en una hamaca—. ¿Puedo tumbarme en ella?

—Por supuesto. ¿Sabes usarlas?

—No.

—Yo te enseñaré.

La elegancia de los movimientos de Dante, que caminó hacia la hamaca y se tumbó en ella, le encogió el corazón a Aislin; pero no tuvo ocasión de preocuparse por esa sensación, porque él se levantó rápidamente y la instó a probar.

Aislin puso el trasero en el centro de la hamaca, siguiendo las indicaciones de Dante. Luego, alzó las piernas y se giró con intención de tumbarse, pero debió de calcular mal, porque se habría caído por el otro lado si él no la hubiera sostenido a tiempo.

–Requiere práctica –dijo Dante.

Aislin tuvo la sensación de que todos sus sentidos se habían activado de repente. La consciencia de su calor corporal, de las fuertes manos que la agarraban por las caderas y del pecho que se apretaba contra el suyo le desbocó el corazón. Sabía que no era premeditado, que estaba pegado a ella sin más intención que ajustar bien la hamaca, pero la desconcentró totalmente cuando le dijo que se tumbara.

–¿Qué has dicho?

–Que te tumbes…

Ella respiró hondo y obedeció, cruzando los dedos para que se apartara de inmediato; aunque, segundos después, cuando Dante la dejó, los habría cruzado para que la volviera a tocar.

Desorientada y confusa con lo que sentía, se quedó perpleja al ver que estaba tumbada en la hamaca sin ningún tipo de apoyo exterior. Pero eso ya no le importaba. ¿Qué diablos le estaba pasando?

Aislin no podía saber que Dante se encontraba en una situación parecida. El contacto de su cuerpo lo había excitado de tal manera que alcanzó su vaso de zumo y se lo bebió lentamente con la esperanza de recobrar el control de sus emociones.

No era extraño que se sintiera atraído por ella. Cualquier heterosexual sano habría tenido esa reacción con una mujer tan hermosa. Pero tenía la enorme mala suerte de estar con la única que no debía tocar.

Frustrado, se sentó junto a la mesa más cercana y dijo:

–Háblame de tus días universitarios.

En principio, era una buena táctica. Entablar una conversación y guardar las distancias entre ellos. Mirar, pero sin tocar. Escuchar y hablar.

El truco le había funcionado en la pizzería, demostrando ser una forma eficaz de bloquear sus desconcertantes accesos de lujuria. Sin embargo, tenía consecuencias terribles: por su culpa, había descubierto que Aislin era tan interesante como divertida, hasta el punto de que se le había pasado el tiempo volando.

–¿Qué quieres saber?

–No sé. Cosas de tus amigos, de tus novios… ¿Tienes novio?

–No estaría aquí si lo tuviera.

–No, claro, supongo que no –dijo él, extrañado de que una mujer tan bella estuviera sola.

–De hecho, solo he tenido uno –continuó Aislin.

Él la miró con incredulidad.

–¿Solo uno?

–Sí, Patrick. Nos conocimos en el segundo año de carrera.

–¿Ibais en serio?

–Yo creía que sí –respondió ella con tristeza–, pero me engañó.

Dante no supo qué decir ante semejante confesión, así que guardó silencio.

–Me prometió la luna y las estrellas. Yo tenía mis dudas con él, pero me convenció de que era la mujer que estaba esperando y de que me quería con toda su alma. Llevábamos seis meses juntos cuando Orla sufrió el accidente, y me concentré tanto en ella que, dos semanas después, una enfermera me tuvo que decir que empezaba a oler mal y que sería mejor que fuera a casa a cambiarme de ropa.

–¿Te quedaste dos semanas enteras en el hospital? ¿Sin salir en ningún momento? –preguntó él, sorprendido.

–Orla estaba en coma en una habitación, y Finn se aferraba a la vida en la Unidad de Cuidados Intensivos. No me podía ir. Tenía que dividir mi tiempo entre los dos sitios. Les pedí que les pusieran en el mismo para facilitar las cosas, pero no podían –le explicó ella–. En cualquier caso, seguí el consejo de la enfermera y me fui a buscar ropa. Cuando llegué a casa, Patrick estaba en la cama con Angela, mi compañera de piso.

–Dios mío…

–Él sabía lo que yo estaba pasando. Sabía que necesitaba su apoyo porque ni siquiera podía contar con el de mi madre, que vive en Asia desde hace cinco años y se limitó a enviar unos cuantos mensajes. Necesitaba que me tomara de la mano. Incluso le rogué que viniera al hospital, pero siempre me ponía alguna excusa.

–¿Y no sospechaste que algo iba mal?

–Claro que sí, pero no estaba en condiciones de afrontar otro problema, así que lo pasé por alto –contestó ella.

–¿Qué hiciste cuando los viste en la cama?

–Decirles que no quería volver a verlos en toda mi vida, meter ropa en una bolsa de viaje y marcharme.

–¿Solo eso? –preguntó él, extrañado de que no hubiera montado una escena.

–Estaba agotada, Dante. Casi no había dormido en dos semanas, y tenía los nervios destrozados. No me quedaba energía para nada. Solo quería recoger mis cosas y volver al hospital. Tanto es así que tardé bastante en sentir dolor por lo sucedido.

Dante asintió, enternecido por la crudeza de su historia.

–Bueno, por cruel que fuera su comportamiento, te hicieron un favor.

–¿Qué quieres decir con eso?

–Que, al menos, supiste la verdad. Si no los hubieras visto en la cama, no habrías sabido lo que ocurría –observó él–. Afrontar la verdad siempre es mejor que vivir en una mentira.

–Ya, pero fui una estúpida al confiar en él. ¿Cómo pude ser tan tonta? No volveré a cometer ese error. Solo confiaré en mi familia, es decir, en Orla y Finn.

–No confíes en nadie –dijo Dante, pensando en su padre.

De repente, Dante estaba furioso; pero no con su difunto padre, sino con las personas que habían abandonado a Aislin cuando más necesitaba su apoyo. Nadie se merecía que lo dejaran solo con semejante carga.

–¿Y tú? ¿Ha habido alguien importante en tu vida? –se interesó ella.

–No, las relaciones largas no son lo mío –respondió Dante–. Me gusta la vida de soltero.

–Si no tuviera miedo de caerme de la hamaca, alzaría mi zumo para brindar por la soltería –declaró ella, rompiendo la seriedad del momento con un poco de humor.

A partir de entonces, se dedicaron a hablar de asuntos menos comprometidos emocionalmente. En opinión de Dante, era lo mejor que podía pasar. Pero su cuerpo no parecía estar de acuerdo, porque insistía en traicionarlo con el deseo.

Aislin metió un pie en la piscina de la azotea, y descubrió que el agua estaba tan templada como Dante le había asegurado. Luego, se sumergió hasta los hombros, apoyó la cabeza en el borde y contempló el cielo nocturno.

El ruido de la ciudad era un murmullo distante, apenas perceptible. Todo estaba sumido en la tranquilidad más absoluta, y la única persona que podría haberla roto descansaba en la barra del bar, jugando silenciosamente con su teléfono: Ciro, el joven que había sacado su equipaje cuando llegó a la casa.

Dante se había ido a la villa de su difunto padre por algún tipo de urgencia, y ella había aprovechado la ocasión para quitarse la ropa y ponerse el bañador que se había comprado en la boutique ese mismo día. En parte, porque no se habría atrevido a usarlo delante de él.

Llevaban dos días juntos y, con excepción de las horas de sueño, era la primera vez que se separaban. Sus conversaciones habían sido de lo más productivas, y no tenía ninguna duda de que convencerían a cualquiera sobre el carácter supuestamente real de su noviazgo. Sin embargo, disfrutaba tanto de ellas que a veces olvidaba la razón por la que estaba allí.

Ni siquiera sabía por qué le había hablado de Patrick. Hasta entonces, la única persona que estaba al tanto de lo sucedido era Orla. ¿Se lo habría contado quizá porque cada vez se sentía más cerca de él? Probablemente. Y, por muy consciente que fuera de que Dante le podía partir el corazón, había algo en sus ojos que la animaba a arriesgarse, algo que la enternecía y la excitaba.

En cualquier caso, se había divertido bastante aquella mañana, cuando Dante la llevó a la boutique de un diseñador muy conocido, Mecca. En cuanto llegaron, el diseñador le presentó al asistente personal que la iba a ayudar con las compras y, tras probarse más cosas de las que se había probado en su vida, terminó con cuatro vestimentas de día, dos vestidos de noche, uno para la boda, el bañador, zapatos, accesorios y hasta una maleta para guardarlo todo.

A pesar de ello, seguía sin entender por qué había permitido que el asistente la convenciera de comprar ropa interior nueva. ¿Qué tenía de malo la suya? Era perfectamente funcional y, por otra parte, nadie la iba a ver en paños menores. Pero se dejó convencer de todas formas; tal vez, porque se sentía culpable por haber rechazado el precioso vestido dorado que le intentó vender. Un vestido ideal para una modelo, pero no para una chica de Kerry.

No quería ni pensar en la cara que pondría Dante cuando viera la factura. Pero no por el dinero, que no significaba nada para él, sino por la posibilidad de que llevara un desglose de lo que había comprado. ¿Se la imaginaría con su nueva ropa interior? Y, tanto si se la imaginaba como si no, ¿por qué le excitaba esa idea?

Aunque Dante hubiera demostrado ser mejor de lo que se imaginaba, seguía siendo un mujeriego. Las sospechas de Riccardo eran ciertas. Se parecía mucho a su padre, como demostraba la propia farsa en la que estaban embarcados. Y había que estar loca para encapricharse de un hombre tan peligroso como él.

Justo entonces, la voz de Dante interrumpió sus pensamientos. Acababa de volver y, cuando Aislin giró la cabeza, vio que estaba hablando con Ciro.

Luego, se dirigió hacia ella con una cerveza en la mano. Y a ella se le encogió el corazón.

Capítulo 7

AISLIN se maldijo para sus adentros por haberse quedado demasiado tiempo en la piscina. No quería que Dante la viera en bañador; pero ya era tarde.

–¿Disfrutando del agua? –preguntó él, extrañamente tenso.

–Sí, espero que no te moleste. Tendría que haberte pedido permiso.

–La piscina está para usarla, sin mencionar que necesitas relajarte un poco. Estos días están siendo…

–¿Complicados? –lo interrumpió Aislin.

Él asintió y echó un trago de cerveza.

–¿Has solucionado la urgencia que tenías? –continuó ella.

Dante volvió a asentir, pero con una cara tan triste que Aislin sintió lástima de él. A fin de cuentas, había ido a la casa de su infancia, y apenas tres meses después de que su padre falleciera.

–¿Te cuesta volver a la villa? –se interesó.

Dante clavó la vista en los ojos grises que lo miraban y se preguntó por qué demonios había vuelto tan pronto.

El ama de llaves de su difunto padre le había llamado por teléfono porque tenían una gotera en uno de los cuartos de baño. Normalmente, Dante habría dejado el asunto en manos de un empleado, pero le pareció una oportunidad perfecta para escapar de allí. Llevaba dos días con Aislin, y lo estaba volviendo loco con su forma de reír, de hablar, de comer y hasta de fruncir el ceño cuando discutían.

Era como si volviera a ser un adolescente. Intentaba mantener sus pensamientos en el terreno de lo estrictamente platónico, pero su cuerpo se negaba a obedecer, así que había aprovechado la ocasión y se había ido por miedo a lo que pudiera pasar. Y ahora se la encontraba en la piscina, sin más prenda que su bañador.

En su desesperación, hizo caso omiso de la pregunta de Aislin y se sentó en uno de los sillones de la azotea.

—Mi hermana y yo tuvimos que volver a casa de nuestra abuela cuando murió, y fue verdaderamente duro —continuó ella—. Su casa había sido un hogar para nosotras. Yo no podía mirar sus pertenencias sin esperar que saliera en algún momento de la cocina y nos ofreciera unas galletas. Tardamos en asumirlo.

Dante echó un trago y dijo:

—Aún no me creo que haya muerto. Cuando voy a su casa, lo veo por todas partes. Es como si estuviera allí, y siempre quiero hablar con él, pero no está.

Dante se terminó la cerveza e hizo un gesto a Ciro para que le sirviera otra, enfadado. Por un lado, se sentía culpable porque el joven había tenido que anular una cita para quedarse allí; por otro, seguía furioso con su difunto padre y, para empeorar las cosas, tenía que afrontar la tentación de la semidesnuda mujer que nadaba en la piscina.

—Siempre supe que Salvatore era un mentiroso. De hecho, se podría decir que era un adicto a la mentira. Pero yo era su hijo, y nunca me mintió a mí. O eso pensaba, porque ahora descubro que se calló el peor secreto que se podía callar.

–¿Te refieres a Orla?

–Sí, claro. Y, por mucho que lo quisiera, no puedo dejar de preguntarme si me mintió sobre algo más –respondió él–. Creí que lo conocía mejor que nadie, con sus virtudes y sus defectos, pero ya no estoy tan seguro.

Justo entonces, Aislin sacó los brazos del agua y se apoyó en el borde de la piscina.

–¿Has hablado con tu madre?

–No –dijo él, alcanzando la cerveza que Ciro le llevó–. No quiero hablar con ella, porque, si sabe lo de Orla, significaría que ella también es una mentirosa.

Dante echó un trago largo y se quedó con la mirada perdida, sumido en sus pensamientos.

–Bueno, los padres suelen mentir a los hijos para protegerlos, o cuando creen que se trata de algo que no entenderán –dijo ella en voz baja–. El hecho de que tu padre guardara en secreto la existencia de Orla no implica necesariamente que te mintiera en nada más.

–Cierto, no lo implica, pero tampoco lo descarta.

Ella apoyó la mejilla en sus finos brazos y suspiró.

–Cuando pienso en Finn y en todas las dificultades que sufrirá a lo largo de su vida, me siento tan mal que, si pudiera, cambiaría mi cuerpo por el suyo. Lo quiero con toda mi alma. No hay nada que no hiciera por él.

–¿Incluso mentir?

–Por supuesto –contestó ella–. Desde que Finn nació, he hecho cosas de las que antes me creía incapaz. Hasta que no te encuentras en cierto tipo de situaciones, no eres consciente de los extremos a los que puedes llegar por amor.

Dante la miró y se preguntó de dónde habría sacado las fuerzas necesarias para cuidar día y noche de su hermana y su sobrino, sin salir siquiera del hospital para cambiarse de ropa.

–¿Cosas como entrar sin permiso en mi casa de campo para llamar mi atención? –dijo él.

Ella sonrió, pero fue una sonrisa débil, porque se acordó de su madre y de Patrick en ese momento.

¿Quién se habría imaginado que su madre la dejaría en la estacada cuando Orla sufrió el accidente? Su hija y su nieto se debatían entre la vida y la muerte, pero ella se limitó a enviarle unos cuantos mensajes de apoyo. Y, en cuanto a Patrick, la había traicionado con su compañera de piso cuando más le necesitaba.

Había sido muy duro. Estaba completamente sola, y tuvo que llevar sola la pesada carga, porque no tenía ni más familiares ni amigos que la pudieran ayudar. Y su confianza en los demás quedó rota de tal manera que Orla era la única persona en la que aún seguía confiando.

–Comprendo que estés enfadado con tu padre. Cometió errores, eso es evidente. Y supongo que tu dolor se debe en gran parte a que ya no está aquí, a que no puede responder a tus dudas ni defenderse de tus acusaciones. Pero no olvides nunca que te quería –declaró Aislin–. Yo habría dado cualquier cosa por tener una madre o un padre como el tuyo.

–Y no los tuviste.

–No, no los tuve. Para empezar, mi madre no quería ser madre y, para continuar, se casó con mi padre porque mi abuela la obligó a ello. Desde su punto de vista, ser madre soltera era una vergüenza.

–Debió de ser una mujer difícil –comentó él.

–Sí, aunque yo la adoraba. Fue ella quien nos crio

a Orla y a mí –dijo–. Murió hace seis años, y aún la echo de menos.

–¿Y tu padre?

–Se casó de nuevo y se mudó a otra ciudad. Nos llevamos bien, pero cuesta establecer una relación con una persona a la que solo ves de vez en cuando.

Dante la volvió a mirar. La luz de la luna le daba un tono plateado que aumentaba su belleza y la intensidad de los tórridos pensamientos que lo torturaban. Sentía el deseo de decirle a Ciro que se fuera, quitarse la ropa, meterse en la piscina y hacer el amor con Aislin.

Pero no podía ser.

Más frustrado que nunca, se levantó y, tras beberse el resto de la cerveza, dijo:

–Hasta mañana. Me voy a acostar.

¿Cómo era posible que la deseara tanto en un momento tan difícil, cuando todos sus demonios familiares lo acosaban? ¿Sería por la situación que se había creado?

Sí, tenía que ser eso. La propia Aislin había dicho que nadie sabía lo que podía hacer en determinadas circunstancias hasta que dichas circunstancias se presentaban. Y las suyas eran de lo más extrañas. Intentaban conocerse mejor para engañar a los invitados de una boda y convencerlos de que estaban enamorados. ¿Cómo no iba a potenciar lo que sentía por ella?

Ya había llegado a la escalera cuando cayó en la cuenta de que se había dejado el teléfono móvil en la azotea, y tuvo que volver sobre sus pasos.

Desgraciadamente, Aislin estaba saliendo de la piscina y, al ver su cuerpo, Dante se quedó clavado en el sitio.

El discreto bañador negro no ocultaba la belleza de

una figura que habría excitado a cualquier hombre. Aislin era tan exuberante que parecía salida de una fantasía sexual. Lo era tanto que la boca se le quedó seca y el pecho se le empezó a cubrir de sudor, como si se hubiera encendido un horno interno.

Ajena a su presencia y su excitación, Aislin se inclinó para alcanzar la toalla, lo cual aumentó el deseo de Dante, y no notó que había vuelto a la azotea hasta que se empezó a secar el pelo y se giró hacia donde estaba.

Dante estaba demasiado lejos para ver su cara con claridad, pero eso no impidió que sintiera su tensión como si la estuviera tocando.

Cualquiera sabía lo que habría pasado si Ciro no hubiera aparecido entonces con el móvil.

—Estaba a punto de llevártelo —dijo a su jefe.

Dante alcanzó el teléfono y se marchó.

Necesitaba una ducha fría, y la necesitaba con urgencia.

Aislin cerró la cremallera de su nueva y elegante maleta, deseando tener algo que le calmara los nervios. La conversación con Dante la había dejado al borde de un precipicio emocional y, cuando él volvió a la azotea en busca de su teléfono, perdió definitivamente el equilibrio. Su mirada no admitía dudas. La deseaba tanto como ella a él.

Las horas posteriores fueron un infierno. No podía dormir. Daba vueltas y más vueltas en la cama, incapaz de expulsar a Dante de sus pensamientos. Y la mañana no iba a ser mejor, como descubrió durante el desayuno: aunque hizo lo posible por fingir que todo estaba bien, se ruborizaba sin remedio cada vez que se miraban a los ojos.

Afortunadamente, Dante le concedió un alivio pasajero al pedir a Ciro que la llevara a una de las peluquerías más afamadas de Palermo; pero su tranquilidad saltó de nuevo por los aires cuando volvió a la casa.

Tras hablar por teléfono con Orla, se probó el primero de los atuendos que habían comprado y alcanzó sus flamantes braguitas de encaje negro, que se puso. Y un segundo después, su mente la traicionó y la llevó a imaginarse que Dante se las quitaba.

Era una situación desesperante. En solo un par de días, había pasado de fantasear con él de vez en cuando a tenerlo constantemente en la cabeza, y cualquier cosa la podía empujar a verse entre sus fuertes brazos o a expensas de su tentadora y sensual boca.

Sin embargo, ahora tenía un problema más inmediato. Se había prestado a una farsa que implicaba presentarse ante algunas de las personas más ricas y poderosas de Europa, y le preocupaba la posibilidad de no estar a la altura, de dejar a Dante en mal lugar, de que la gente la mirara y se preguntara qué diablos había visto en ella.

Agobiada, se plantó ante el espejo por enésima vez y se volvió a mirar. Quería estar perfecta. Quería que Dante se sintiera orgulloso de tenerla a su lado.

Y entonces, llamaron a la puerta.

La nerviosa Aislin echó un rápido vistazo a su maquillaje, se pasó una mano por el pelo, respiró hondo y corrió a abrir.

Al verla, Dante se quedó sin aliento. Ya no era la desaliñada belleza femenina del desayuno, sino una maravilla de botas altas, ajustados vaqueros negros, cinturón de hebilla de diamantes, camisa de colores y chaqueta ajustada. Además, se había cortado el pelo ligeramente y, aunque mantenía el mismo estilo, enfatizaba más sus pómulos y sus preciosos ojos.

–¿Qué tal estoy? –preguntó ella con inseguridad.

Dante clavó la vista en sus rojos labios, más besables que nunca.

–Muy bien –acertó a decir.

–¿Seguro? Dijiste que me pusiera algo informal para el viaje, pero si prefieres que me ponga un vestido…

–No, *dolcezza*, estás de lo más elegante –replicó Dante, pensando que era la criatura más sexy del mundo.

Ella soltó un suspiro y sonrió.

–Es un alivio, aunque creo que exageras con lo de elegante. He estado a punto de ponerme un vestido, pero aún no estoy preparada para enseñar las piernas… ¡Hace años que no les da el sol! Están tan blancas que tendré que ponerme crema bronceadora.

–¿Sueles hacer esas cosas?

–No, pero estoy segura de que el resto de las invitadas lo hacen.

–No hagas nada por parecerte a los demás. Sé tú misma –declaró él–. Pero a mí me parece que el color de tu piel es perfecto, y que no necesita ninguna mejora.

Aislin se ruborizó y, tras darle las gracias por el cumplido, cambió de conversación:

–Ah, he hablado con Orla por teléfono. Sé que tienes muchas cosas en la cabeza, pero le he prometido que te lo preguntaría… Quiere saber si vas a ir a la fiesta de cumpleaños de Finn. Tiene muchas ganas de conocerte.

Sorprendido por la petición, y casi desarmado por la súplica de los grises ojos de Aislin, Dante eligió cuidadosamente sus palabras.

–Recuérdamelo después de la boda –dijo–. Pero, antes de que nos marchemos, tengo que darte algo.

–¿Qué es?

Dante la miró con intensidad. Si hubiera sido cualquier otra mujer, cualquiera menos la hija de Sinead O'Reilly y la hermana de Orla, su conversación habría proseguido en la cama; preferiblemente, con las piernas de Aislin cerradas sobre su cintura.

Por mucho que intentara mantener las distancias, no hacía otra cosa que imaginarse dentro de ella y especular sobre el color de su vello público, el tamaño real de sus senos y el color de sus aréolas. Era una especie de tortura autoinflingida, pero no lo podía evitar. Apenas tenía las fuerzas necesarias para controlar sus impulsos y no asaltar sus labios.

–Tu anillo de compromiso –respondió.

–¿Mi anillo de compromiso?

–Bueno, no te puedo presentar como mi prometida si no llevas un anillo en el dedo –se justificó él.

–No, supongo que no.

Dante sacó una cajita del bolsillo y se la dio.

–Espero que te quede bien.

Aislin la abrió lentamente, y él esperó su reacción con el corazón en un puño.

Lo había comprado esa mañana, mientras ella estaba en la peluquería. Tenía intención de comprar la primera cosa decente que viera, pensando que sería tan fácil como comprar unos zapatos; pero no lo fue, y pasó por tres joyerías diferentes antes de encontrar una joya que estuviera a la altura de Aislin: un anillo de oro con un gran diamante central y multitud de diminutos zafiros y esmeraldas.

Una joya diferente y preciosa, como ella. Y de paso, el objeto más caro que había comprado en su vida.

Sin embargo, Dante no se quiso preguntar por qué se había gastado una suma tan obscena en un simple anillo de compromiso. A fin de cuentas, se lo podía permitir.

–Oh, no puedo llevar esto.

–¿Por qué no? ¿Es que no te gusta?

–¿Que no me gusta? Es la joya más bonita que he visto en mi vida –contestó ella–. Si le pidiera a un joyero que hiciera un anillo para mí, le pediría este.

–Entonces, ¿dónde está el problema?

–En que te habrá costado una fortuna. ¿Qué pasará si lo daño o lo pierdo? No lo podrás devolver –contestó ella.

–Ni quiero devolverlo. Es tuyo.

–No, no, no me lo puedo quedar, es demasiado.

Dante suspiró, sacó el anillo de la caja y se lo puso en la mano izquierda antes de que ella pudiera protestar.

–Esto es un regalo mío, Aislin. Ya te conozco lo suficiente como para saber que darás todo tu dinero a Orla, para que cuide de Finn. Y te admiro por ello. Lo digo sinceramente. Pero, cuando esto acabe, quiero que tengas algo que sea tuyo y solo tuyo –dijo con vehemencia–. Hazme el favor de aceptarlo. Si lo rechazas, me lo tomaré como un insulto, *dolcezza*.

Cuando terminó de hablar, Dante se dio cuenta de dos cosas: la primera, que no le había soltado la mano después de ponerle el anillo, y la segunda, que se había inclinado tanto sobre Aislin que podía ver todas las pecas de su nariz.

Aislin también era consciente de ello y, por una vez, fue incapaz de llevarle la contraria. Se había quedado sin palabras. Notaba el calor de su cuerpo y el olor de la colonia que usaba. Sabía que, si tocaba su pecho, descubriría que el corazón de Dante se había acelerado tanto como el suyo.

Y, por si eso fuera poco, su cuerpo la estaba traicionando definitivamente. La súbita sensibilidad de su piel, la pesadez de sus senos y el calor que sentía entre las piernas se combinaban de tal manera que no podía ni pensar.

¿Habría pasado algo si Dante no hubiera llevado una mano a su cuello mientras clavaba la vista en sus ojos? Quizá no, pero la llevó y, no contento con eso, asaltó su boca con los sensuales labios que Aislin intentaba no mirar.

Aquello fue la gota que colmó el vaso. Sus emociones se desbocaron por completo y, cuando notó las caricias de su lengua, superó la timidez que la atenazaba y se sumó al juego con la misma intensidad que Dante, devorándolo del mismo modo, permitiendo que sus sentidos tomaran el control.

Apretada contra su duro pecho, se dejó llevar sin inhibición alguna. Pero el pecho de Dante no era lo único que estaba duro, y su evidente erección avivó el deseo de Aislin de tal manera que soltó un gemido.

Su cuerpo había cobrado vida nueva, como si despertara de un sueño. Y esa vida bailaba al ritmo de Dante.

Y entonces, Dante rompió el hechizo.

Lo rompió de un modo tan inesperado y súbito que, desde el punto de vista de Aislin, fue casi cruel.

Capítulo 8

AISLIN parpadeó e intentó respirar, sorprendida. Estaba tan tensa que sus pulmones no recibían aire.

Por primera vez, tuvo miedo de mirarlo a los ojos, y lo tuvo por temor a lo que pudiera ver en ellos y a lo que él pudiera ver en los suyos.

El silencio de la habitación era absoluto.

Sus piernas estaban tan débiles que se acercó al sillón más cercano y se sentó en él, tapándose la boca con una mano. Ya no quedaba nada del carmín rojo. Sus besos lo habían borrado. Y menudos besos, porque nadie la había besado nunca con tanta pasión.

¿Cómo era posible que se sintiera así? Estaba ardiendo por dentro y por fuera, atrapada entre el fuego del deseo y la vergüenza del rechazo.

En cuanto a Dante, su situación no era mucho mejor. Se pasó una mano por el pelo y soltó una retahíla de obscenidades mientras se preguntaba qué le estaba pasando. Se había resistido muchas veces a la tentación. Había renunciado a los favores de mujeres muy bellas, a veces solteras y a veces casadas. Pero, por algún motivo, su fuerza de voluntad desaparecía cuando estaba con Aislin.

–¿Estás bien? –se interesó, girándose hacia ella.

Aislin alzó la cabeza.

–Más o menos.

–No tenía intención de besarte.

–Ni yo –replicó ella en voz baja.

–Te di mi palabra de que nuestra relación sería estrictamente platónica, y he roto mi promesa –dijo Dante, disgustado–. Lo siento mucho.

–¿Qué es lo que sientes? ¿Haberme besado? ¿O haber roto tu promesa?

–Las dos cosas.

Ella lo miró con ira.

–Pues no quiero tus disculpas. Los dos somos igualmente responsables, y el hecho de que te disculpes hace que me sienta insultada.

–No te quería insultar, Aislin. Solo pretendo decir que…

–Sí, ya lo sé –lo interrumpió ella, levantándose del sillón–. Tus actos hablan por sí mismos. Te arrepientes de haberme besado porque no soy tan bella ni tan refinada como tus amantes habituales. Pero tampoco soy idiota, Dante. No eres mi tipo. Ese beso no significa nada. Son cosas que pasan, y será mejor que lo olvidemos.

Aislin intentó pasar a su lado, pero él la agarró del brazo.

–¿De qué demonios estás hablando?

–No importa –contestó ella, ruborizándose–. Supongo que digo tonterías porque me siento avergonzada. Pero ¿cómo no me voy a sentir así? Has dicho que no tenías intención de besarme.

–Oh, Aislin –dijo él, soltándole el brazo por miedo a perder el control–. Es cierto que no te quería besar, y es cierto que no eres tan refinada como las mujeres a las que estoy acostumbrado, aunque eso me parece una virtud. Pero te equivocas en todo lo demás.

–¿Qué quieres decir?

–*Dio*, Aislin, ¿no has notado la energía que hay entre nosotros?

Ella bajó la mirada.

–Pensaba que eran imaginaciones mías.

–¿Imaginaciones tuyas? –preguntó él, desconcertado con su ingenuidad–. No, *dolcezza*, no son imaginaciones tuyas. Eres la mujer más bella que he conocido. Eres leal, divertida y sexy hasta extremos pecaminosos, pero los dos sabemos que no nos podemos permitir el lujo de dejarnos llevar.

–¿Por qué? ¿Porque somos familia y complicaría las cosas?

–No, no es por eso. La prensa se equivoca cuando dice que soy un rompecorazones, pero tampoco soy un santo. No creo en el amor eterno. No quiero relaciones estables. Solo salgo con mujeres que piensan igual que yo –respondió Dante–. Cuando dije que eres distinta, lo dije en serio. No sería bueno para ti. Te mereces algo mejor.

Aislin alzó la cabeza y respiró hondo antes de hablar.

–Me alegra que sepas lo que me conviene. Me alegra de verdad, porque me ahorras el terrible esfuerzo de pensar por mí misma –dijo con sorna–. ¿Sabes lo que pienso de ti, Moncada? Que eres un *eejit*.

Un segundo después, Aislin salió de la habitación con un portazo.

Aislin se detuvo al final del pasillo, para llamar al ascensor. Y, mientras esperaba, Dante la alcanzó, se detuvo a su lado y preguntó:

–¿Estás más tranquila?

Aislin se cruzó de brazos, por temor a pegarle una

bofetada o, peor aún, a apretarse contra su pecho y besarlo.

–No.

Su consciencia de la cercanía de Dante era tan intensa que calmó el enfado que le habían producido sus disculpas y su condescendiente intento de explicarse. Sí, se había repetido hasta la extenuación que no debía encapricharse de él; pero eso había sido antes de descubrir el sabor de su boca y de escuchar sus halagos.

–Te he traído la maleta –dijo Dante.

–Ah, sí, gracias –replicó ella, enfurruñada.

–Supongo que *eejit* significa idiota, ¿no?

Aislin notó un fondo de humor en la pregunta, pero respondió como si no hubiera reparado en ello.

–Sí, efectivamente. Y eres el mayor de los idiotas.

La puerta del ascensor se abrió en ese momento, y los dos entraron en el pequeño cubículo.

–Será mejor que aclaremos un par de cosas –continuó ella–. Puede que seas tan sexy como el diablo, pero tu reputación te precede, señor Moncada. Y yo no soy una *eejit*.

–¿Por qué me llamas «señor» de repente?

–Por no decirte algo peor.

–¿Peor que idiota?

–Sí, mucho peor, y te agradecería que cierres la boca para que pueda sacar lo que llevo dentro –respondió ella–. Detesto que me digan lo que me conviene y lo que no. No soy una niña y, si quisiera acostarme contigo, lo haría con los ojos bien abiertos y a sabiendas de que no buscas relaciones duraderas, sino cortas. Aunque no lo creas, sé distinguir la diferencia entre el amor y un simple encaprichamiento.

El ascensor se abrió al llegar a la planta baja, pero no hicieron ni caso.

–Yo no he dicho que no los sepas distinguir –se defendió él.

–Pero lo has insinuado al sentirte en la necesidad de recordarme que solo te acuestas con mujeres refinadas que buscan lo mismo que tú, y que están dispuestas a poner fin a vuestra relación antes de que empiece.

–¡Tampoco he dicho eso! –protestó él.

–No con tantas palabras, pero es lo mismo –insistió obstinadamente Aislin–. Pues bien, conozco la diferencia en cuestión, y también sé que nuestra relación no tendría futuro. Mi vida está en Irlanda, con mi familia, y la tuya, en Sicilia. Compartimos hermanastra, sí, pero somos tan ética y culturalmente distintos que me ofende hasta la idea de que me creas capaz de querer algo contigo.

–¿Ya has terminado?

–No, aún no.

Terriblemente frustrada, y ansiosa por borrar la sonrisa irónica que iluminaba los labios de Dante, se agarró a las solapas de su chaqueta de cuero y lo besó.

Como se imaginaba, su cuerpo se encendió ante el contacto de sus labios y su pecho; pero estaba tan enfadada que la ira puso coto al deseo y le dio las fuerzas necesarias para apartarse de él y salir del ascensor.

–Ya está. Ahora ya he terminado.

–¿Por qué has hecho eso? –preguntó él, atónito.

–Lo he hecho para poder pedirte disculpas. Lo siento, Dante. Siento haberte besado. Te di mi palabra de que mantendríamos lo nuestro en un terreno estrictamente platónico, y la he roto. Lo siento mucho.

Dante respiró hondo y, a continuación, rompió a reír.

–¿Lo encuentras divertido? –bramó ella.

–¿Prefieres acaso que te vuelva a meter en el ascensor y te tome aquí mismo? Porque, ya que nos estamos sincerando, debo decir que no había estado tan excitado en toda mi vida.

Aislin apretó las piernas, profundamente incómoda con la ola de calor que sintió entre los muslos.

–¿Te excitan mis insultos? ¿Eres masoquista?

–Sí, supongo que lo soy –respondió él, llevándola hacia la salida–. No dejo de recordarme las razones por las que no debería tocarte, razones entre las que se encuentra nuestra querida hermanastra, como bien sabes.

Ella asintió.

–Tengo que estar concentrado este fin de semana –prosiguió Dante–. Ese acuerdo sería el más importante de mi vida y, si no conseguimos engañar a Riccardo, perderé la oportunidad de abrirme camino en Estados Unidos, perderé un montón de dinero y hasta perderé mi reputación profesional, porque se enterará todo el mundo. Pero, a pesar de ello, mis pensamientos no están precisamente en eso.

–¿Y en qué están?

–En ti, claro, en lo que sentiría al hacer el amor contigo, en lo que me está volviendo loco. ¿Por qué crees que he llenado la casa de empleados? No quería que estuviéramos a solas. La tentación de tocarte es demasiado grande.

–¿Lo dices en serio?

Dante sacudió la cabeza.

–¿Es que lo dudas? Nos quedamos a solas cinco minutos y ya nos estamos besando. ¿Qué te dice eso?

Aislin dio un paso atrás y lo miró a los ojos.

–Bueno, confieso que yo también estoy algo alterada.

Él guardó silencio.

–Siento haberme excedido contigo, Dante. Ese beso… el que me has dado… nunca había sentido nada igual –admitió, nerviosa–. Y me da miedo. Mi propia reacción me da miedo. Durante unos momentos, he olvidado el motivo de mi presencia aquí y lo importante que es este fin de semana para ti.

Dante le acarició la mejilla y sonrió.

–Hagamos lo posible por sobrevivir a este fin de semana –dijo.

Ella respiró hondo y asintió de nuevo.

Luego, él abrió el portal y salió con Aislin a la calle. Su coche ya los estaba esperando.

Aislin soltó un grito ahogado al ver el castillo renacentista que se alzaba ante ellos, tan bonito que dejaba en ridículo a los palacios británicos.

En el vado del ala este, emparedados entre la preciosa fachada de color blanco y dorado y los imponentes árboles de los jardines, descansaban docenas de vehículos a cual más lujoso, los más caros del mercado. Y, mientras ella los miraba, Dante bajó del deportivo rojo que había conducido en persona, le abrió la portezuela y la ayudó a salir.

El diamante del anillo de compromiso brilló bajo el sol del mediodía cuando empezaron a andar por el camino de grava, de firme tan liso y perfecto como si alguien se dedicara específicamente a mantenerlo así.

Abrumada, Aislin se giró hacia él, quien la tomó de la mano y dijo:

–¿Estás preparada para esto?

–Supongo que sí –respondió, apretándole la mano.

Durante el camino, Dante le había dado todo tipo

de explicaciones sobre los invitados y sobre lo que debía esperar, que básicamente era una fastuosa demostración de riqueza disfrazada de celebración. El acto empezaría con una recepción presidida por el padre de la novia, y después pasarían a una comida de siete platos.

Por supuesto, ninguno de los dos mencionó el beso que tanto los había alterado, y tampoco especularon sobre adónde los podía llevar, si es que los podía llevar a algún sitio. Había llegado el momento de ponerse serios. Aquello era un asunto de negocios, y Aislin estaba más que decidida a cumplir su parte.

El empleado que se había acercado a ellos cuando aparcaron el coche carraspeó discretamente y les indicó que lo siguieran mientras otro se encargaba del equipaje. Y así, tomados de la mano, avanzaron hacia el castillo.

Ya en el interior, los llevaron a un salón enorme donde había varios camareros con bandejas de champán y una elegante pareja que hablaba con un grupo de personas en el extremo más alejado. Al verlos, Aislin sintió pánico, porque su atuendo informal contrastaba vivamente con las prendas de gala de los desconocidos.

–Son los novios –le informó Dante–. Alessio y Cristina.

La pareja se alejó del grupo y se acercó a ellos. Alessio y Dante se dieron dos besos y un abrazo, aunque el segundo se mostró más distante con Cristina. Luego, Dante se los presentó y, tras otorgar a Aislin el mismo tratamiento efusivo, los novios se quedaron mirando su anillo de compromiso.

–Bonito anillo, Dante –declaró Alessio con una sonrisa–. No dejas de sorprenderme. Cuando Cristina me dijo que ibas a venir con tu prometida, pensé que había malinterpretado tus palabras.

–Algún día aprenderás que yo no malinterpreto nada –dijo su novia con humor–. Siempre tengo razón.

–Sí, ya lo estoy descubriendo.

–Me alegro.

Afortunadamente, Alessio y Cristina renunciaron al italiano y hablaron en el idioma de Aislin, quien cruzó los dedos para que el resto de los invitados fueran tan corteses como ellos.

Tras charlar unos minutos, la novia dijo:

–Supongo que querréis ver vuestra suite. Llamaré a un empleado para que os acompañe. Así os podréis cambiar de ropa antes de que empiece la fiesta.

Aislin se preocupó un poco al oír lo de «vuestra suite», porque parecía indicar que iban a dormir en el mismo sitio; pero lo desestimó, pensando que habría sido un lapsus lingüístico.

–Te lo agradeceríamos mucho –replicó.

Cristina llamó entonces al empleado y, mientras este se acercaba, Alessio y Dante se alejaron unos metros e intercambiaron unas palabras en voz baja. Naturalmente, Aislin sintió curiosidad, y se interesó al respecto cuando ya avanzaban por uno de los corredores del castillo.

–¿De qué estabais hablando?

–De nada importante. Alessio me quería pedir disculpas por el comportamiento de su padre.

–Supongo que se refiere a vuestro acuerdo comercial.

–Sí, pero Alessio ha estado tan ocupado con los preparativos de la boda que no ha tenido tiempo de sentarse con él y discutirlo –dijo Dante–. Riccardo es consciente de que perdería dinero si rechaza mi oferta, que es la más generosa, pero es muy obstinado.

Dante agradeció que Aislin hubiera sacado el asunto del acuerdo, porque hablar de negocios era más fácil que afrontar lo que sentía. Le gustaba tanto que el simple hecho de separarse de ella un minuto para charlar con Alessio había sido una tortura para él. Teóricamente, solo estaban interpretando un papel. No estaban enamorados de verdad. No se iban a casar. Pero disfrutaba mucho de su compañía.

Segundos después, el empleado que los acompañaba se detuvo ante una puerta y dijo, en italiano:

—Esta es su suite.

—¿La mía? ¿O la de Aislin? —preguntó Dante en el mismo idioma.

El empleado echó un vistazo a la lista que llevaba encima.

—Aquí dice que es de Dante Moncada y Aislin O'Reilly. ¿Quieren que llame a una doncella para que los ayude con el equipaje?

Dante vio que Aislin fruncía el ceño y se preocupó.

—No, gracias. Nos las arreglaremos solos.

El empleado se fue. Y Aislin, que no había entendido ni una palabra de su conversación, dijo:

—Bueno, ¿dónde está mi habitación?

Dante cerró los ojos un momento y tragó saliva.

—Aquí —contestó—. Es esta. Nos han puesto juntos.

Capítulo 9

¿QUÉ? –dijo Aislin, espantada–. ¿Que vamos a compartir suite? Pero tú dijiste…

–Que estaríamos en habitaciones separadas, sí –replicó él–. Es lo que pensaba.

–¿Será que no tienen más sitio? Como les has avisado a última hora, es posible que se hayan quedado sin dormitorios libres.

–No lo sé, pero lo siento mucho.

–No tiene importancia. Cristina habrá pensado que nos está haciendo un favor –dijo ella–. Dormiré en el sofá.

–No, de ninguna manera.

–Pues tú no puedes dormir en él. Eres demasiado largo.

–Entonces, dormiré en el suelo.

–Y acabarás con dolor de espalda.

Aislin cruzó el salón de la suite, entró en el dormitorio y fue directamente al armario, donde empezó a abrir y a cerrar cajones.

–¿Qué estás haciendo? –dijo él.

–Buscar sábanas, pero no hay. Y no podemos pedir más a los empleados, porque se preguntarían por qué no dormimos juntos –explicó ella–. No tenemos más remedio que dormir en la misma cama.

Aislin cerró el armario, alcanzó su maleta y añadió:

–¿Quieres ir al baño? Te lo pregunto porque me gustaría cambiarme de ropa.

–No, entra tú. Tenemos tiempo, así que te puedes dar una ducha o un baño, si lo prefieres.

Ella sacudió la cabeza.

–El vapor me erizaría el pelo, y no tengo tiempo de alisármelo. La estilista me dio una crema, pero tardaría mucho en ponérmela –dijo, mientras empezaba a sacar vestidos de la maleta–. Espero que no estén muy arrugados, aunque supongo que podría pedir una plancha a alguna de las doncellas.

–Si están arrugados, te los plancharán ellas.

Dante se dio cuenta de que Aislin no estaba hablando de esas cosas porque le preocuparan de verdad, sino porque estaba más nerviosa de lo que aparentaba. Por lo visto, la perspectiva de compartir habitación le resultaba tan inquietante como a él.

Segundos después, ella se metió en el cuarto de baño y cerró la puerta, dejándolo sumido en sus pensamientos.

¿Cómo iba a sobrevivir a esa situación?

Ya habría sido bastante difícil si no se hubieran besado, pero se habían besado. Y un instante de pasión no iba a saciar su deseo.

Además, compartir cama no era como viajar juntos en el coche. Durante el viaje a Palermo, habían podido evitar la tentación mediante el truco de hablar, y habían hablado de todo, desde los actos del fin de semana hasta la etiqueta apropiada para cada uno de ellos. Habían hablado y hablado con tal de no mencionar el beso. Pero ¿qué pasaría cuando se acostaran juntos?

Dante estaba desesperado. No sabía qué hacer.

Solo sabía lo que le pedía el cuerpo: derribar la puerta del cuarto de baño, sacarla de allí y hacerle el amor.

Aislin se puso el vestido por la cabeza; pero, en lugar de mirar su aspecto, clavó la vista en el montón de prendas que yacía en el suelo.

¿Cómo iba a compartir cama con Dante?

El dormitorio de la suite era tan bonito como grande; pero, si hubiera tenido el tamaño de una cabina telefónica, no habría sido peor. El simple hecho de estar a solas con él la excitaba tanto que apenas se podía controlar.

En su desesperación, consideró la posibilidad de darse una ducha fría o de llamar a una doncella para pedirle que llenara la bañera de hielo. Pero no habría servido de nada. Cuando se pasara el efecto inicial, se encontraría en el mismo punto, es decir, obligada a dormir con un hombre al que deseaba con locura.

Aislin se llevó los nudillos a la boca y se los mordió con fuerza, ahogando un grito de frustración.

¿Cómo era posible que el deseo doliera tanto? Se suponía que no debía doler.

–¿Aislin? ¿Te encuentras bien? –preguntó Dante desde el exterior.

Ella abrió la puerta y lo miró a los ojos. Estaba tenso, y tenía el ceño fruncido.

Ninguno de los dos dijo nada. Se limitaron a mirarse, con la sensación de que el tiempo se había detenido. Y entonces, Aislin se dio cuenta de que él estaba pasando por lo mismo que ella, de que había caído en la misma trampa.

Fue una revelación, y debió de ser compartida, porque los dos se movieron a la vez: de mantener las distancias, pasaron a abrazarse como dos títeres manipulados por algún tipo de dios. Sus labios se encontraron rápidamente y, mientras ella cerraba los brazos alrededor de su cuello, él le acarició el cabello con una mano y el cuerpo con la otra.

Se besaron como hambrientos a los que se les hubiera ofrecido una última cena, con una energía húmeda y febril, y ella se arrojó al deseo con una mezcla de alivio y desesperación amorosa, encantada con el placer que sentía.

Apretó sus tensos senos contra el pecho de Dante y se pegó a él tanto como pudo. Su cuerpo ardía de necesidad, ansioso por obtener la satisfacción que hasta entonces se le había negado. Era como si estuviera poseída.

La débil voz de la razón le dijo que no había problemas irresolubles, que todo tenía una cura, hasta las posesiones. Pero, aunque fuera cierto, no tenía intención alguna de refrenarse. Lo que había surgido entre ellos era una fuerza de la naturaleza, avivada por su inútil intento de rechazarla.

Al cabo de unos instantes, Dante la besó en el cuello, la tomó en brazos y la llevó a la cama, donde la tumbó sin preámbulo alguno. Luego, se puso encima de ella y retomó el asalto de su boca mientras le acariciaba los muslos.

Aislin le desabrochó la camisa e intentó hacer lo mismo con el botón de sus pantalones, pero se quedó sin fuerzas cuando él metió un dedo por debajo de sus braguitas y acarició su ya húmedo sexo. Las pupilas se le habían dilatado, y su respiración se había vuelto tan profunda que ella sentía su aliento en la cara.

En determinado momento, él metió un dedo entre sus pliegues, y ella se retorció contra su mano como pidiéndole más, como diciéndole que aquello no era suficiente. Y no lo era. El fuego que ardía en su interior se había convertido en un incendio que había calcinado sus inhibiciones y su racionalidad.

Necesitaba más, sí. Lo necesitaba todo.

Decidida, volvió a llevar las manos a sus pantalones y le desabrochó el botón que antes se le había resistido. Quería liberarlo. Estaba tan desesperada por sentir su contacto como él por sentir el de ella.

Dante susurró algo ininteligible y le mordió el cuello. Después, llevó las manos a sus braguitas y se las empezó a bajar, contando en su esfuerzo con la ayuda de Aislin, que se contorsionó para que cayeran hasta sus pantorrillas y, a continuación, las alejó de una patada. Solo quedaba el obstáculo de los pantalones y los calzoncillos de Dante, aunque desapareció enseguida.

Al ver su duro sexo, Aislin cerró la mano sobre él, encantada ante la prueba indiscutible de su excitación. Para entonces, estaba tan concentrada en lo que hacían que apenas fue consciente del momento en que Dante alcanzó un preservativo, rasgó el envoltorio con los dientes y se lo puso sin perder un segundo.

Y entonces, la penetró.

Una vez más, sin preámbulos. Una vez más, sin necesidad de preámbulos. Y ella soltó un grito de satisfacción.

Dante no se podía creer lo caliente que estaba Aislin ni lo dispuesta que estaba a recibirlo. Era una sensación maravillosa, multiplicada por el hecho de que nunca había deseado tanto a ninguna mujer.

Loco de deseo, la asaltó con acometidas urgentes y desesperadas que tuvieron una respuesta análoga en los movimientos de Aislin, quien había cerrado las piernas alrededor de su cintura y lo instaba a seguir entre gemidos. Cualquiera se habría dado cuenta de que estaba tan necesitada como él, e insistió en sus súplicas hasta que, de repente, arqueó la espalda y se retorció entre espasmos que le hicieron perder el control.

El orgasmo de Dante fue tan potente que estuvo a punto de desmayarse. No supo cuánto duró ni cuánto tiempo se mantuvo dentro de ella, abrazándola en silencio. ¿Una eternidad, quizá? Pero al final, alzó la cabeza y la miró.

Por sus ojos, supo que estaba sintiendo lo mismo que él. Tenía la misma expresión de asombro y aturdimiento, una expresión que lo empujó a besarla lenta y apasionadamente.

Cuando dejaron de besarse, ella suspiró, apoyó la cabeza en su pecho y dijo:

–Ha sido increíble.

Él sonrió, acariciándole la cabeza.

–¿Solo increíble? Yo diría que ha sido fabuloso.

–Sí, desde luego que sí.

Sus labios se encontraron de nuevo, y esa vez fue él quien rompió el contacto.

–Tengo que quitarme el preservativo –anunció.

–Vale, pero dame otro beso.

Dante se lo concedió y, a continuación, se levantó de la cama y se alejó de la mujer que más placer le había dado en toda su vida, aunque le costó bastante. Sus piernas estaban extrañamente débiles, y tenía una sensación burbujeante que no habría sabido explicar.

Al volver al dormitorio, descubrió que Aislin se estaba levantando y que su aspecto era tan desaliñado como el suyo. Tenía el pelo revuelto, y el maquillaje se le había corrido; pero eso no le llamó tanto la atención como sus labios, que se habían hinchado a fuerza de besos.

Dante se volvió a excitar, y ella le dedicó una sonrisa pícara.

–¿Qué hacemos ahora? ¿Analizar lo sucedido?

Él se cruzó de brazos.

–¿Quieres analizarlo?

Aislin sacudió la cabeza y abrió la boca como para decir algo, pero no llegó a pronunciar palabra.

–¿Estás bien? –preguntó él.

–No... bueno, sí... No lo sé –acertó a decir, sentándose en la cama–. A decir verdad, estoy un poco mareada. ¿Ha sido un sueño? ¿O acabamos de hacer el amor?

Él soltó una carcajada.

–Acabamos de hacer el amor –respondió.

–Dante, yo...

–¿Sí?

Aislin se mordió el labio inferior y bajó la cabeza. Dante cruzó la habitación, se agachó ante ella y, tras ponerle una mano debajo de la barbilla, la obligó a mirarlo a los ojos.

Aislin tragó saliva, luchando contra los erráticos latidos de su corazón y la errática dirección de sus pensamientos; pero, sobre todo, contra las desconcertantes sensaciones que la dominaban. Jamás se habría imaginado que acostarse con él pudiera ser tan placentero. Ardía en deseos de tomarlo de nuevo para saber si la segunda vez podía ser tan potente y abrumadora como la primera.

–No suelo comportarme así –le confesó.

–Me lo imaginaba. Pero, aunque fuera tu costumbre, estarías en tu derecho. No hemos hecho nada malo, nada de lo que debamos avergonzarnos. Somos personas adultas y, además, los dos estamos solteros.

Ella se rio.

–Solteros, pero comprometidos.

–Pues razón de más para no sentir vergüenza.

–Dante, no quiero ser otra muesca en el cabecero de tu cama.

Él respiró hondo y le acarició un mechón de pelo.

–Aislin, tú nunca podrías ser una muesca en el cabecero de la cama de un hombre –declaró–. Eres demasiado especial.

–Ah, ¿te has dado cuenta? –dijo ella en tono de broma, aunque su humor duró poco–. Mira, no estoy insinuando que busque nada en nuestra relación. Incluso descontando las complicaciones familiares, somos demasiado distintos… pero hay algo que deberías saber.

–¿De qué se trata?

–De que nunca he tenido una aventura con nadie –respondió ella, sintiéndose súbitamente ridícula–. No conozco el protocolo de estas situaciones. No sé ni cómo debo comportarme después de hacer el amor.

Dante le acarició los labios.

–Si hay un protocolo para estas cosas, lo desconozco –replicó.

–Ya, ¿pero qué hacen tus amantes después?

–Oh, no me hables de ellas. No son como tú. De hecho, tú no estarías aquí si fueras igual.

Ella guardó silencio.

–Aislin, deja de compararte con otras mujeres.

–¿Cómo quieres que no me compare? He visto fotos de esas mujeres, y todas son impresionantes.

–Puede que lo sean, pero ninguna me excitó nunca como tú.

Aislin se ruborizó.

–¿Lo dices en serio?

–Por supuesto que lo digo en serio. Tú me llegas al

alma, *dolcezza*, y ni me voy a disculpar por lo que hemos hecho ni me voy a arrepentir de ello, porque lo que ha pasado entre nosotros ha sido maravilloso.

–Sí, ¿verdad? Eso es lo que me tiene tan desconcertada. No esperaba que fuera así.

–Ni yo.

Dante le puso las manos en las mejillas y añadió:

–Quiero hacerlo otra vez.

–¿Y qué te lo impide? –preguntó ella, cuyas pupilas se habían dilatado.

–El tiempo.

–¿El tiempo? –Aislin lo miró con extrañeza y echó un vistazo al reloj–. ¡Dante, vamos a llegar tarde! ¡La recepción está a punto de empezar!

–Por eso lo decía.

Aislin se levantó y se acercó rápidamente al espejo del cuarto de baño.

–¡Dios mío! ¡Qué aspecto tengo! –exclamó con horror.

La preocupación de Aislin estaba parcialmente justificada. Su peinado se podía arreglar con un cepillo y, por supuesto, también se podía retocar el maquillaje; pero no se había quitado el vestido para hacer el amor, y estaba muy arrugado.

–¿Tendrán servicio de tintorería en el castillo? –dijo, abriendo el armario donde había guardado la ropa–. Maldita sea, tendré que ponerme el vestido de noche que iba a llevar en la fiesta de mañana.

–¿Por qué? –preguntó él, extrañado.

–Porque compré vestidos específicos para cada una de las celebraciones, pero no tengo ninguno que los pueda sustituir porque no me imaginé que los arrugaría haciendo el amor –respondió Aislin, terriblemente frustrada–. ¿Qué hace la gente de tu mundo en este tipo de situaciones? ¿Por qué tienen que cambiar continuamente de ropa en este tipo de actos? Si llevaran lo mismo, como hacen los demás, no tendría este problema.

–Pues repite vestido.

–Pero me dijiste que la gente se cambia, ¿no?

–Oh, vamos, a nadie le importará que lleves lo mismo.

–Te garantizo que todas las mujeres analizarán mi aspecto con tanto detenimiento como yo el suyo. Además, se supone que estoy comprometida con el soltero más deseado de Sicilia, y sobra decir que me mirarán con lupa. Lo que yo lleve tendrá consecuencias para tu imagen.

–En ese caso, llamaré a la boutique donde estuvimos y les pediré que envíen más vestidos –dijo Dante.

Aislin frunció el ceño, atrapada entre el disgusto por hacerle gastar más dinero y la necesidad de no dejarlo en mal lugar repitiendo la misma indumentaria. A fin de cuentas, quería encajar en su mundo; y no por ella, sino por él.

–Está bien, llamaré de inmediato.

Dante le dio un beso en la frente y, a continuación, dijo:

–No te sientas culpable. Yo soy el único responsable de que tu vestido se haya arrugado. Pero, si no quieres que lleguemos inadmisiblemente tarde, será mejor que elijas otro y te encierres en el cuarto de baño; porque, de lo contrario, volveré a caer en la tentación y te lo arrugaré tanto como el otro.

Aislin salió del cuarto de baño treinta minutos después y, al verla, Dante soltó un silbido de admiración.

–Espera un momento –dijo ella–, que aún no he terminado.

Rápidamente, corrió hacia su maleta, la abrió y sacó unos zapatos verde jade de tacón alto, que se puso.

–Ya está, ya puedes darme tu opinión. ¿Qué te parece mi aspecto?

–Me parece que, si no sales ahora mismo del dormitorio, te tumbaré en la cama y te haré el amor otra vez –contestó él.

Dante no estaba exagerando, porque Aislin estaba deslumbrante con la prenda esmeralda que había elegido. Era un vestido de seda que llegaba a las rodillas y recordaba vagamente a una toga romana. Sin mangas, se ajustaba a la cintura con una cinta decorada con cientos de cristales minúsculos, y tenía un equilibrio perfecto de elegancia y glamour.

Además, Aislin había aprovechado su estancia en el cuarto de baño para maquillarse y ponerse lápiz de ojos, y había solucionado el problema de su pelo mediante el procedimiento de hacerse un moño en la parte trasera de la cabeza y dejarse algunos mechones sueltos, aunque Dante sospechó que lo de los mechones no era premeditado.

–¿Debo tomármelo como un cumplido?

–Sí. Y sal de aquí de una vez.

Aislin obedeció, y él terminó de arreglarse. Solo tardó un par de minutos y, cuando salió al salón, se la encontró esperando junto a la puerta.

Sus miradas se encontraron entonces, y Dante deseó tomarla entre sus brazos y saciar su deseo. En ese momento, habría sido capaz de mandar al infierno la celebración, mandar al infierno a Riccardo d'Amore, echarse a Aislin encima de un hombro y llevarla a la cama.

Por suerte, ella le ofreció la mano y, al ver sus cortas uñas, libres de color u ornato alguno, tan diferentes de las que sin duda tendrían el resto de las invitadas, Dante se sintió culpable. Había sacado un pececillo del mar y lo había llevado al océano de tiburones donde él vivía.

Pero no iba a permitir que le hicieran daño. Aunque fracasaran en su intento de engañar a Riccardo, cuidaría de Aislin y la mantendría a salvo de los depredadores.

Estaría a su lado todo el tiempo, sin quitarle ojo.

Capítulo 10

AL BAJAR la escalera, se encontraron ante el grupo de empleados de uniforme que esperaban a los invitados para acompañarlos al lugar donde se iba a celebrar la recepción, en el exterior del castillo.

Aislin, que agarraba la mano de Dante como si le fuera la vida en ello, admiró los frescos, los muebles y las obras de arte de las salas por donde pasaban, sorprendida con la mezcla de estilos. Era como si cada generación nueva reemplazara las cortinas y alfombras desgastadas por otras más modernas, pero sin respetar la estética anterior. El resultado era algo extravagante, aunque contribuía a que el ambiente tuviera un aire relajado.

Por supuesto, ella intentó seguir el ejemplo del edificio y relajarse a su vez. Pero era dolorosamente consciente de que, debajo de su precioso y carísimo vestido, seguía estando la Aislin O'Reilly de siempre, una chica irlandesa cuya experiencia en materia de glamour se limitaba a haber asistido a la boda de unos amigos que celebraron el acto en un hotel de tres estrellas.

Ya en el exterior, se fijó en un hombre bastante grueso que saludaba a los invitados junto a las puertas dobles de la verja de los jardines, y preguntó:

—¿Es el padre de Cristina?

–No, es Riccardo.

–Ah. Pensaba que el anfitrión de la boda sería el padre de la novia.

–Y lo es, pero Riccardo no se puede resistir a la tentación de ser el protagonista. Tiene que ser el jefe en todo momento, aunque no lo sea.

–¿Y quieres hacer negocios con un hombre como él?

–No, quiero hacerlos con su hijo.

Dante le apretó la mano suavemente, para hacerle saber que no podían seguir con esa conversación. A fin de cuentas, estaban a punto de hablar con el mentado, quien los saludó con los besos y abrazos habituales y, a continuación, alcanzó la mano de Aislin y escudriñó su anillo de compromiso.

–Vaya, así que os vais a casar –dijo con dureza, girándose hacia Dante–. Enhorabuena.

Por su tono de voz, Aislin supo que Riccardo no se creía que su relación fuera real, pero Dante se comportó como si no se hubiera dado cuenta.

–Gracias, Riccardo.

El patriarca de los D'Amore se secó el sudor de la frente con un pañuelo y abrió la boca para decir algo más, pero justo entonces apareció una mujer de mediana edad que hizo que cambiara de actitud al instante.

–Te presento a mi esposa, Mimi –dijo Riccardo, sonriendo.

Mimi abrazó a Aislin y le dio dos besos, aunque apenas cruzaron un par de palabras. Mimi no sabía inglés, y Aislin no sabía ni italiano ni siciliano, el dialecto del que se sentían orgullosos todos los habitantes de la zona. Por suerte, Dante los dominaba de sobra, y charló con sus anfitriones durante unos minutos antes de llevar a Aislin a la inmaculada pradera donde estaban el resto de los invitados.

–No me dejes sola, por favor –susurró ella, nerviosa.

–Tranquila, que no te dejaré.

A partir de ese instante, Aislin se vio arrastrada al centro de una multitud cuya gama de edad iba desde niños de pocos meses hasta un anciano que iba en silla de ruedas, conectado a un tanque de oxígeno.

Naturalmente, hubo presentaciones, besos, abrazos y un flujo inacabable de copas de champán y zumos de frutas servidas por camareras tan guapas que parecían modelos. Y cada vez que Dante anunciaba que estaban comprometidos, la gente reaccionaba con asombro y los felicitaba a continuación.

Sin embargo, Aislin se dio cuenta de que algunas personas cuchicheaban a sus espaldas, y se sintió juzgada. Además, no todas las opiniones eran favorables. De hecho, una impresionante mujer que se llamaba Katrina le dedicó tal mirada de odio que se habría sentido mejor en presencia de Medusa. Pero Dante no soltó su mano en ningún momento, y fue como un ancla que la mantuvo en su sitio frente al peligroso oleaje de aquel mundo de multimillonarios.

Al cabo de media hora de conversaciones insustanciales, la gente dejó de ir de un lado para otro y empezó a formar pequeños grupos. Y fue entonces cuando Aislin tuvo que contestar la primera pregunta verdaderamente problemática.

Sabine, una alta y esbelta rubia que llevaba un niño aferrado a sus piernas, se interesó por el origen de su relación con Dante:

–¿Cómo os conocisteis?

Aislin, que estaba segura de haberla visto en la portada de alguna revista, le dijo la verdad. En parte, porque era lo que había convenido con Dante y, en parte, porque tenía la impresión de que la rubia era una buena persona.

–Me colé en su casa de campo y le ataqué con la alcachofa de la ducha –respondió.

Sabine pensó que estaba bromeando, y soltó una carcajada.

–Le darías un buen susto.

–No me asustó demasiado –intervino Dante–, pero llamó mi atención.

–Sí, eso ya lo veo. Pero ¿por qué te colaste en la casa?

–Ah, eso es más difícil de explicar –dijo Aislin, quien tomó un sorbito del champán que sostenía–. Compartimos hermanastra, ¿sabes?

Sabine frunció el ceño, sin entender nada, y Aislin se embarcó en una explicación llena de humor que tuvo la virtud de exponer los hechos principales sin culpabilizar a nadie, convirtiéndolos en una especie de proceso que los había llevado inevitablemente a enamorarse. Fue tan convincente que, si Dante no hubiera conocido la historia real, se lo habría creído.

–¿Ya has tenido ocasión de conocer a Orla? –preguntó entonces Sabine.

–No, aún no.

Evidentemente, Dante optó por no añadir que no tenía intención de conocerla. Aislin lo había invitado a la fiesta de cumpleaños de Finn, y él le había dado una respuesta vaga a propósito, pero había tomado una decisión: cuando aquello terminara, volvería a su vida normal e intentaría olvidarse de Orla y de la propia Aislin.

A fin de cuentas, les había dado tanto dinero que no

se sentiría culpable de su situación. Y, si Aislin necesitaba más en algún momento, solo tenía que vender el anillo, que le había costado una verdadera fortuna.

Pero eso sería después, porque también estaba decidido a disfrutar del tiempo que estuvieran juntos. Le gustaba tanto que deseaba tocarla constantemente, y no se iba a privar del exquisito placer que había encontrado en ella.

Mientras las dos mujeres se enfrascaban en una animada conversación sobre historia medieval, Dante pensó que había acertado al suponer que se llevarían bien. Sabine y él se conocían bastante, y sabía que era la única de las invitadas que la tomaría bajo su protección y no la vería como una rival.

Segundos más tarde, notó que Riccardo los estaba mirando con curiosidad. De hecho, todo el mundo sentía curiosidad.

Dante se acordó entonces de Lola y de sus amantes anteriores. Todas ellas se habrían sentido amenazadas por la belleza de Aislin y de Sabine, pero con una gran diferencia: que Sabine sabría defenderse de sus zarpazos por muy ocultos que estuvieran tras los falsos cumplidos a cuenta de su aspecto, y Aislin ni siquiera tenía uñas para defenderse. Estaba llena de pasión, pero no era ninguna tigresa.

Poco después, alguien hizo sonar un gong, y Dante soltó un suspiro de alivio. La recepción había terminado, y había llegado el momento de cenar.

Solo tenían que aguantar unas horas más. Luego, se excusarían y se irían a la cama.

La cena, que se celebró en uno de los suntuosos comedores del castillo, consistió en una serie de platos tan deliciosos e impresionantes como el lugar donde se encontraban. Había unas cien personas, reunidas alrededor de una mesa con forma de herradura, y no eran ni la mitad de las que asistirían al día siguiente a la boda propiamente dicha.

Como invitada de Dante, Aislin se sentó en la zona más especial, la de los familiares y amigos de los novios y, cuando la camarera se acercó a servir el vino, Dante le preguntó si quería beber algo distinto.

Si hubiera estado en un lugar menos elegante, Aislin habría pedido una cerveza; pero no quería llamar la atención, así que pidió a la camarera que le sorprendiera con algo. El resultado fue un colorido cóctel de frutas que sabía maravillosamente bien. Y, además, no tuvo que preocuparse por las miradas despectivas de Katrina la Medusa, porque se había sentado en el extremo contrario de la mesa y no la podía ver.

La experiencia resultó bastante más agradable de lo que se había imaginado. Dante estaba tan relajado como ella, y era lógico que lo estuviera. Hacer el amor había cambiado el tono de su relación. El deseo los había unido con su abrazo y, como ya se habían visto desnudos, no había mucho que esconder.

Bajo las palabras que intercambiaron durante la cena fluía un río subterráneo de seducción. Cada vez que se miraban a los ojos, los latidos de Aislin se aceleraban. El ambiente se había cargado con la promesa de hacer el amor de nuevo y, por si eso fuera poco, el contacto de sus piernas bajo la mesa aumentaba su excitación.

Estaba loca por acostarse con él. Estaba tan ansiosa que, al cabo de un rato, cuando ya habían dado buena cuenta de la comida, alcanzó su copa de champán para beber un poco y descubrió que le temblaba la mano.

Justo entonces, otra de las eficientes camareras les sirvió el postre, consistente en un pudin de chocolate. Aislin cortó el suyo y, cuando la crema de su interior se derramó en el plato como si se derritiera, pensó que la crema era igual que ella, porque se estaba derritiendo por Dante.

Tensa, se llevó un bocado a la boca. Era el postre más delicioso que había tomado en su vida; pero la garganta se le había cerrado de tal manera que apenas podía tragar.

Al ver que apartaba el plato, Dante dijo:

–Es la primera vez que te veo dejar comida.

Ella lo miró a los ojos.

–La culpa la tienes tú –declaró.

–¿La culpa de qué? –preguntó él, extrañado.

–De que haya perdido el apetito.

Dante se inclinó sobre ella, quedándose a escasos milímetros de su cara.

–Ah, comprendo. Es que tienes hambre de algo más interesante.

Ella apretó los muslos, intentando refrenar el calor que sentía. Si hubiera podido, habría lamido su piel.

–¿Os ha gustado la cena?

La voz de Riccardo, que se había acercado por detrás, sobresaltó a Aislin y aumentó el rubor de su cara, ya ostensible. Sin embargo, hizo un esfuerzo por recuperar el aplomo e intentó concentrarse en el recién llegado, quien al fin y al cabo era el motivo de su presencia allí. Había llegado a un acuerdo con Dante, y cumpliría su parte costara lo que costara.

–Sí, gracias –contestó, sonriendo–. La comida estaba tan buena que me lo he comido todo, y ahora no tengo sitio para el pudin.

–¿Tanto te ha gustado? –preguntó Riccardo, mirándola con afecto.

Dante tragó saliva. Si hubiera podido, lo habría matado con la cucharilla de postre. Su interrupción había impedido que siguiera charlando con Aislin y, para empeorar las cosas, había provocado que Aislin se apartara de él, súbitamente incómoda con su cercanía. Pero, naturalmente, no le podía decir que se fuera al infierno, como le habría gustado.

–Es mucho mejor que la que sirven en los restaurantes –contestó ella con entusiasmo–. Y los cócteles están para morirse. ¿Los has probado?

–No.

–Prueba el mío –dijo, ofreciéndole su vaso–. Usa la pajita si quieres. Yo no la he usado.

Dante se quedó pasmado cuando Riccardo d'Amore aceptó su ofrecimiento y bebió obedientemente por la pajita. ¿Quién se iba a imaginar que Aislin se lo ganaría con tanta facilidad?

–Umm… *Molto bella* –dijo Riccardo.

–No sé cómo se llama. He pedido a la camarera que me sorprendiera con algo, y me ha traído esto –explicó ella, encantada.

Riccardo sonrió a Aislin y, a continuación, preguntó:

–¿Es cierto que compartís hermana?

Dante se estremeció por dentro. Ese era el motivo de que se hubiera acercado a ellos. En Sicilia, las noticias corrían como la pólvora.

–Sí –respondió Aislin–. Se llama Orla. ¿Quieres ver una foto suya?

–Por supuesto.

Aislin sacó el teléfono móvil, buscó las fotos de su hermana y le enseñó la primera. Riccardo la miró detenidamente y, acto seguido, se giró hacia Dante y dijo:

–Se parece mucho a tu padre.

Dante asintió, aunque fue consciente de que el comentario ocultaba una puñalada. Le estaba diciendo que ella también había salido al inmoral Salvatore Moncada, y que lo tenía muy presente.

Sin embargo, Aislin salvó la situación cuando le volvió a enseñar el teléfono; pero, esa vez, con una foto del niño.

–Este es Finn, el hijo de Orla. Un verdadero ángel.

Riccardo sonrió de oreja a oreja.

–Y muy guapo –comentó.

–Sí, ¿verdad? Y extremadamente inteligente. Tiene parálisis cerebral, aunque nunca se deprime por eso –dijo ella–. Es una pena que Dante se perdiera los tres primeros años de su vida, pero es evidente que no es culpa suya, teniendo en cuenta que desconocía la existencia de Orla y, por supuesto, de Finn. Sin embargo, eso está cambiando. Los ayudará tanto como pueda, y sé que será un tío excelente.

–¿Y también será un padre excelente?

–Algún día, sí –respondió Aislin, adelantándose a Dante–. Pero queremos disfrutar de nuestro matrimonio antes de tener hijos.

Aislin estaba consiguiendo que su historia resultara increíblemente real, y Dante se dijo que debía sentirse orgulloso de ella; pero, en lugar de eso, se sintió incómodo.

–¿Ya sabéis cuándo será la boda? –preguntó Riccardo.

–Bueno, nos comprometimos la semana pasada –declaró Aislin, hablando como si le estuviera confesando un gran secreto–, pero puede que sea a finales de verano, para tener tiempo de organizarlo todo. Hemos decidido que queremos una boda por todo lo alto, y esas cosas llevan su tiempo, como bien sabrás por la boda de Alessio.

–Sí, eso es cierto –dijo Riccardo, hinchándose como un palomo–. Ha costado mucho.

–Quizá nos podrías dar algún consejo cuando llegue el momento.

–Será un placer.

Aislin sonrió una vez más, y Riccardo clavó la vista en Dante, a quien dijo en siciliano:

–Estoy impresionado con la joven. Cuando te canses de ella, envíamela. Tengo un sobrino que la adoraría, y creo que ya es hora de que siente la cabeza.

Dante tuvo que hacer un esfuerzo para no pegarle un puñetazo.

–Aislin no es un objeto que se pueda pasar de mano en mano –replicó en el mismo idioma.

Riccardo lo miró con intensidad, pero pasando enseguida a una sonrisa irónica.

–Me alegra que digas eso, aunque no lo creeré hasta que lo vea con mis propios ojos. Hasta ahora, has tratado a tus mujeres como si fueran precisamente eso, objetos, aunque sea verdad que ese tipo de mujeres se venden como si lo fueran –dijo–. Pero esta es distinta. Trátala bien, Dante.

Riccardo se inclinó entonces, dio dos besos a Aislin y se marchó.

Dante alcanzó su vino y se lo bebió de un trago, refrenando el deseo de estampar el vaso contra la mesa. Y Aislin, que no había entendido la conversación de los dos hombres, le puso una mano en el muslo al notar su tensión.

–¿Qué te ha dicho Riccardo?

–Nada importante.

–Entonces, ¿por qué estás tan enfadado? ¿Es que tu plan ha salido mal? ¿Es que no le gusto?

–Al contrario. Le gustas mucho –contestó Dante con una carcajada sin humor–. Me ha dicho que te ponga en sus manos cuando me canse de ti, porque tiene un sobrino que debería casarse.

Ella arrugó la nariz.

–Oh.

Aislin habría dicho algo más si hubiera tenido ocasión, pero en ese momento se les acercó la esbelta Katrina, quien se detuvo en el mismo sitio que había ocupado Riccardo.

–Vaya, si es la feliz pareja…

–¿Qué quieres, Katrina? –dijo Dante con dureza.

–Nada, solo estoy preocupada por tu prometida –respondió ella, dedicando una mirada hostil a la pobre Aislin–. Este tipo de actos son complicados. Sobre todo, para las personas que no pertenecen a nuestro mundo.

–Bueno, todo el mundo ha sido muy amable conmigo –replicó Aislin, quien no quería dejarse intimidar.

–Será la hospitalidad siciliana. Nadie se atrevería a decirte nada ofensivo a la cara.

–No, claro que no, preferirían hacer comentarios miserables para que se sintiera mal –intervino Dante, que se levantó y tomó a Aislin de la mano–. Vuelve con Giovanni, Katrina, y deja en paz a Aislin. *Buona notte*.

Confundida con el breve enfrentamiento del que había sido parcialmente protagonista, Aislin permitió que Dante la sacara del comedor. Pero, a decir verdad, no sabía qué había pasado ni por qué.

Capítulo 11

AISLIN esperó a llegar al desierto corredor para preguntar a Dante:

–¿Qué ha sido eso?

–Uno de los juegos de Katrina.

–¿Y por qué hace esas cosas?

–Porque es una bruja –respondió él, llevándola hacia su suite.

–¿No ha sido amante tuya?

–No.

–Pero quiere serlo.

–Sí.

Dante abrió la puerta de la suite y la invitó a entrar.

–¿Por eso me odia?

Él suspiró y cerró la puerta a su espalda.

–Katrina odia a todas las mujeres bellas. Antes era modelo. Se casó con un productor de cine treinta años mayor que ella, pensando que la convertiría en una estrella, pero no tiene talento como actriz –le explicó Dante–. Al final, se cansó y se descubrió atrapada en un matrimonio que le aburre, lo cual la está volviendo loca. Katrina es una depredadora. Mi mundo está lleno de gente así, que solo se quieren a sí mismos.

Dante se quitó la chaqueta y la corbata y las dejó en una silla, asombrado por la necesidad que tenía de proteger a Aislin.

Seguía tan enfadado como antes, y lo estaba especialmente porque Riccardo hacía bien al desconfiar de él. Todas las mujeres con las que había estado parecían hechas con el mismo molde, con el que más le convenía. Todas eran como Katrina, quien también habría sido amante suya si no hubiera estado casada.

Sin embargo, Aislin era completamente distinta. Por dentro y por fuera.

Angustiado, se inclinó sobre ella e inhaló su dulce aroma antes de besar sus labios, justo lo que necesitaba para expulsar a los demonios que el comentario de Riccardo había conjurado. Luego, le acarició la cara con los dedos, los llevó a su moño y refrenó el deseo de tomarla de inmediato, aunque le costó.

Esa vez, se lo tomaría con calma.

Esa vez, lo harían adecuadamente.

Poco a poco, le soltó las horquillas y liberó su cabello, que le cayó sobre los hombros como una cortina roja. Aislin olía a frambuesa, y pensó que nunca volvería a comer ninguna sin acordarse de ella y del color de sus labios. Pero aún estaban de pie, de modo que la llevó a la cama, la sentó en el borde y, tras separarle las piernas, se arrodilló entre ellas.

Ahora estaban a la misma altura.

Dante la miró entonces a los ojos, se desabrochó la camisa y la dejó en el suelo. Aislin respiró hondo y le puso una mano en el pecho, causándole un estremecimiento de placer que también sintió ella, aunque por otro motivo: notaba los acelerados latidos de su corazón, y el simple hecho de saber que su corazón se había acelerado por ella la emocionó tanto que sintió el extraño deseo de gritar.

¿Cómo podía tener tanta suerte? Aquel hombre perfecto, de piel morena, vello suave y estómago absolutamente plano era suyo. Aquella maravilla era suya.

Lentamente, le acarició el cuerpo con los dedos, empapándose de él por el contacto mientras lo devoraba con los ojos. Después, se inclinó hacia delante y aspiró el almizclado y masculino aroma que, en su caso, se mezclaba con una colonia de fondo especiado. Y por último, cansada de esperar, llevó las manos a su cinturón.

La mirada que Dante le dedicó estaba tan cargada de deseo que estuvo a punto de dejarla sin aire; pero, lejos de detenerse por ello, se inclinó un poco más y le dio un beso en el cuello mientras intentaba desabrocharle el cinto.

Cuando por fin consiguió su objetivo, intentó hacer lo mismo con el botón de los pantalones, aunque sin prisa alguna. El hecho de que su primera experiencia sexual hubiera sido explosiva no significaba que también tuvieran que serlo las siguientes. Además, ahora estaban más tranquilos; como si los dos supieran que tenían todo el tiempo del mundo para explorar y satisfacer sus deseos.

Unos deseos de los que Aislin no había sido consciente hasta la semana anterior.

Al pensarlo, le pareció increíble que hubiera podido llevar una vida sin sexo ni intimidad física de ninguna clase. Era como si hubiera estado muerta y hubiera cobrado vida de repente, tras conocerlo a él. Sin embargo, ya no le daba miedo lo que sentía. De hecho, tampoco le asustaba la reputación de Dante. Y ni siquiera le preocupaba la posibilidad de no volver a sentir lo mismo con ningún otro hombre.

Si todo lo que tenía era ese fin de semana, sería suficiente.

Por fin, Dante la ayudó a desabrocharle el botón y

a bajarle la cremallera de los pantalones, que se quitó un momento después, al ponerse de pie.

Aislin tragó saliva, y se estremeció de placer cuando sus calzoncillos acabaron igualmente en el suelo, dejándolo maravillosamente desnudo. Desde su punto de vista, Dante era la perfección personificada. Todo en él era perfecto.

–Quiero verte, Aislin.

Sin apartar la vista de sus ojos, Aislin se desabrochó el vestido y, a continuación, se quitó la prenda y la arrojó lejos, sin molestarse en mirar dónde caía. En ese momento, Dante era lo único que le importaba. Y, si aún tenía algún temor de estar desnuda ante él, saltó por los aires cuando vio el fuego de sus ojos.

Decidida, se llevó las manos al cierre del sujetador y se lo soltó. El alivio que sintió en los senos fue inmediato, pero no duró mucho, porque se pusieron tensos y pesados, ansiosos por recibir las atenciones de Dante.

Luego, alzó la cadera lo suficiente para poder bajarse las braguitas y se liberó de ellas con rapidez, quedándose tan desnuda como su amante.

Por primera vez en su vida, Dante tuvo miedo de tocar a una mujer. Tuvo miedo de perder la cabeza definitivamente, porque hasta la última de sus terminaciones nerviosas le exigía que se acercara y se fundiera con ella.

Aislin era el ser más bello que había visto en su vida, mucho más bello que ninguna de sus fantasías sexuales. Su blanca piel, que no parecía conocer el sol, contrastaba ferozmente con el color rojo de su vello púbico, y sus prominentes pechos de rosados pezones estaban pidiendo a gritos que los acariciara.

Era abrumadoramente hermosa.

Sin embargo, sacó fuerzas de flaqueza, la tumbó

de espaldas y se la quedó mirando durante unos momentos, con los brazos apoyados en el lecho. Aislin le devolvió la mirada y, entonces, él asaltó sus labios.

Pero sus besos no se quedaron ahí. La besó por todas partes. Exploró todo su cuerpo con la boca y las manos. Descubrió todos sus sabores, todos sus olores. Devoró sus senos y descubrió que le encantaba que le succionaran los pezones. Devoró su sexo y descubrió que gritaba de placer cuando la lamía y que su temperatura aumentaba como la de un volcán en erupción si le introducía un dedo.

Aprendió muchos de sus secretos, y ella decidió aprender los suyos.

De repente, Aislin se incorporó, lo obligó a intercambiar sus posiciones y lo sometió al mismo tipo de exploración que acababa de disfrutar, con las manos y con la boca. Fue una experiencia tan intensa que Dante llegó a la sorprendente conclusión de que era la primera vez que una mujer le hacía el amor de verdad.

Cuando por fin se vio dentro de su cuerpo, estaba tan fuera de sí que solo fue capaz de pensar una cosa: que Aislin era perfecta para él.

En cuanto a ella, hacía tiempo que ya no pensaba en nada. Nunca había estado tan excitada, ni había sentido un placer tan intenso como el que sintió a continuación. Si su primera experiencia le había parecido fascinante, aquello le pareció directamente sublime.

Poco a poco, su tensión fue aumentando. Los gemidos y los gritos se mezclaban con palabras incoherentes y peticiones imposibles de que aquello no terminara nunca. Pero las palabras se apagaron al final, borradas por el estallido de sus respectivos y casi simultáneos orgasmos, que los dejaron completamente agotados.

Pasó un buen rato antes de que Aislin pudiera respirar con normalidad. La sangre se agolpaba en su cabeza, por no decir en todas las partes de su saciado cuerpo. Y entonces, Dante le dio un beso cargado de ternura y se levantó de la cama para dirigirse al cuarto de baño.

Ella lo miró, y sintió un deseo tan intenso de llorar que parpadeó varias veces para evitarlo y se ocultó tras la sábana para que él no se diera cuenta. ¿A qué venía eso? ¿Por qué quería llorar, si había sido algo precioso?

Aislin no lo sabía; pero, cuando Dante regresó y se tumbó a su lado, se tuvo que morder la lengua para no decir nada de lo que se pudiera arrepentir al día siguiente.

Habría estado completamente fuera de lugar.

¿Cómo le iba a decir que se había enamorado de él?

Aislin se levantó de la cama y se puso la camisa de Dante, que estaba tranquilamente dormido, con un brazo por encima de la cabeza y la sábana sobre la cintura. Al mirarlo, se le hizo un nudo en la garganta, pero apartó la vista de su cuerpo y se dirigió hacia la cafetera eléctrica que estaba en el otro extremo de la habitación.

Cuando terminó de hacerse el café, se sirvió una taza y salió al balcón con cuidado de no despertar a Dante.

No se podía decir que hubieran descansado mucho aquella noche. De hecho, Aislin debería haber estado destrozada; pero, en lugar de eso, se sentía desbordante de energía, aunque también estaba asustada.

Dio un trago de café y contempló el paisaje, haciendo un esfuerzo por no pensar. Era muy temprano, y apenas se oía el canto de algún pájaro. Hacía fresco, aunque el despejado cielo azul prometía un día de calor. Y el mar, que estaba más cerca de lo que se había imaginado, estaba tan tranquilo que no se veían crestas de olas.

En cambio, Aislin estaba en plena marejada emocional, y se maldijo a sí misma por ser incapaz de controlarse. A fin de cuentas, se había acostado con Dante con plena conciencia de lo que hacía, y daba por sentado que sus sentimientos de aquella mañana no eran más que un efecto secundario de las hormonas que la embriagaban.

Sin embargo, nunca había sufrido ese efecto con Patrick, lo cual le preocupaba.

Tras sopesarlo un momento, se dijo que no tenía nada de particular. Comparado con Dante, Patrick era un niño y, en cuanto a la chica que se había encaprichado de él en la universidad, había dejado de existir.

Dante había despertado a la mujer que llevaba dentro. Y, a diferencia de lo que había ocurrido con Patrick, no se podía sentir víctima de nada, porque se había lanzado a esa relación con los ojos completamente abiertos.

Por esa misma razón, Dante no le podía hacer ningún daño y, aunque fuera cierto que había sentido celos al sospechar equivocadamente que Katrina había sido amante suya, no debía darle demasiadas vueltas. Era otro efecto secundario. Nada más.

Tenía que serlo.

Harta de dar vueltas al asunto, dejó la taza de café en la mesa y llamó a su hermana, a sabiendas de que se habría levantado pronto para cuidar de Finn.

–¿Qué haces despierta a estas horas? –preguntó Orla con su brusquedad de costumbre.

–Estoy en un balcón, admirando el Mediterráneo.

–¿Está lloviendo?

–No, no hay ni una nube en el cielo –respondió Aislin–. ¿Cómo está Finn?

–Bien. Solo ha preguntado dos veces por ti desde que se levantó –dijo su hermana con sorna–. ¿Has hablado con Dante sobre su fiesta de cumpleaños?

Orla lo preguntó con un tono de esperanza tan marcado que a Aislin se le encogió el corazón. Su hermana se había acostumbrado a que todo el mundo la abandonara, desde su padre y su madre hasta el padre de Finn, y ardía en deseos de establecer una relación normal con un hermano al que ni siquiera conocía.

Desde luego, Aislin no tenía forma de saber si Dante aceptaría al final la invitación de asistir a la fiesta de su sobrino, pero estaba casi segura de que no las dejaría en la estacada. Y no lo estaba porque hubiera establecido una relación indiscutiblemente íntima con él, sino por todo lo que habían hablado durante esos días.

Al cabo de unos minutos, Orla dijo:

–¿Cuándo vuelves a casa? ¿El lunes?

A Aislin se le hizo un nudo en la garganta, porque su inocente pregunta le recordó que solo estaría otra noche con Dante.

–Si puedo conseguir billete, sí –respondió, aunque ni siquiera había mirado los vuelos.

En ese momento, Dante salió al balcón, le pasó un brazo alrededor de la cintura y le dio un beso en la cabeza mientras Orla le hablaba sobre la silla de ruedas automática que estaba pensando en comprar.

–¿De qué color la quieres? –se interesó, intentando no mirar la erección de Dante, que iba en calzoncillos.

Orla respondió a su pregunta, y ella intentó concentrarse en la conversación; pero era una batalla perdida, y lo fue aún más cuando él le metió las manos por debajo de la camisa, las cerró sobre sus senos y le dio un beso en el cuello.

Sin embargo, y no contento con la maravillosa tortura de sus caricias, bajó una de las manos, la llevó a su pubis y le introdujo un dedo, arrancándole un suspiro.

–¿Qué ha sido eso? –preguntó Orla al otro lado del teléfono.

–Nada, el servicio de habitaciones –mintió Aislin, intentando que su voz no vacilara.

Dante se quitó entonces los calzoncillos y se pegó a sus nalgas mientras rasgaba el envoltorio de un preservativo.

Excitada, Aislin se despidió de Orla tan deprisa como pudo.

–Bueno, tengo que dejarte. Luego te llamo –dijo.

No había pasado ni un segundo cuando Dante la penetró y se empezó a mover. Fue algo feroz, rápido e intensamente primitivo que despertó la parte más visceral de la propia Aislin. Afortunadamente, el balcón estaba en un lugar tan discreto que nadie los podía ver, y ella se apoyó en la balaustrada y se dejó llevar.

Ya habían llegado al orgasmo cuando él le preguntó:

–¿Se puede saber qué me estás haciendo, *dolcezza*?

Ella soltó una débil carcajada.

–¿Y tú? ¿Qué me estás haciendo a mí?

–No lo sé. Ni siquiera sé qué puedo hacer para sobrevivir a este día sin arrastrarte a algún lugar oscuro para hacerte el amor.

Dante volvió a la habitación para tirar el preservativo que acababan de usar, y Aislin se formuló una pregunta bastante parecida a la que se había hecho él, pero con una diferencia importante. No se preguntó cómo iba a sobrevivir a ese día sin hacer el amor, sino cómo iba a sobrevivir el resto de su vida.

Capítulo 12

DANTE se sentó al volante del coche. En general, prefería que lo llevara su chófer, porque le permitía trabajar en el asiento de atrás; pero le gustaba conducir y, como era un fin de semana de descanso y placer, había optado por llevar el vehículo en persona, decisión de la que ahora se arrepentía amargamente.

Aunque el trayecto hasta la catedral era corto, se vio obligado a concentrarse en la conducción y apartar la vista de la preciosa Aislin, que estaba especialmente tentadora con el ajustado vestido azul que se había puesto. Y no fue fácil.

La atracción que sentía por ella se estaba convirtiendo en una especie de enfermedad que lo devoraba por dentro.

Durante el desayuno, se había tenido que recordar que no la llevaba siempre de la mano porque le gustara, sino porque tenían que dar la impresión de que estaban enamorados de verdad. Pero no era cierto. Llevarla de la mano se había convertido en un acto tan natural y necesario que lo hacía inconscientemente.

Cuando terminaron de desayunar, ella regresó a la suite y le pidió que le diera una hora para poder cambiarse de ropa y prepararse para la boda. Dante se la concedió, consciente de que su petición no se debía a eso, sino al miedo de que acabaran en la cama, a pesar de que habían hecho el amor en la ducha después de hacerlo en el balcón.

Estaban tan acaramelados que ya no se podían controlar. E incluso empezaban a cometer errores como el de no haber usado preservativo la última vez.

Para matar el tiempo, se fue a la sala de juegos y echó una partida con Guido, el hermano pequeño de Alessio. Aquella mañana eran una pareja excelente: un adolescente de quince años enfadado que solo quería marcharse con sus amigos y un hombre de treinta y cuatro años que solo quería estar desnudo con su amante irlandesa.

Una hora después, dejó al chaval y subió a la suite. Acababa de entrar en el dormitorio cuando Aislin salió del cuarto de baño con las tenacillas en la mano y una toalla alrededor del cuerpo.

–Si te atreves a tocarme, te pegaré un puñetazo –le advirtió.

Dicho eso, Aislin se dio media vuelta, regresó al baño y cerró la puerta, que no volvió a abrir hasta media hora después.

–Ponte al otro lado de la habitación –le ordenó, ya completamente vestida.

Dante no se movió ni un milímetro, y ella lo miró con cara de pocos amigos.

–Lo digo en serio, Moncada. No quiero que me toques. Llevo una hora intentando arreglarme el pelo.

Dante pensó que hacía bien en pedirle que mantuviera las distancias. Si hubieran estado más cerca, se habría abalanzado sobre ella y la habría tomado entre sus brazos en un abrir y cerrar de ojos, con las consecuencias que los dos se podían imaginar.

Además, ya había arruinado uno de sus vestidos y, aunque la boutique le había enviado otro que llegaría antes de la fiesta vespertina, no tendrían tiempo de sustituir el que iba a llevar a la boda.

Derrotado, Dante calculó que no podrían hacer el amor hasta cinco o seis horas después, en el descanso que habría entre la ceremonia y la fiesta. Sin embargo, intentó animarse con el hecho de que sería bastante largo, así que podrían hacerlo un par de veces y tener tiempo de sobra para ducharse y cambiarse de ropa.

Pero… ¿qué diablos estaba haciendo? ¿Cómo era posible que hubiera caído tan bajo? ¡Había empezado a calcular hasta cuándo podían hacer el amor!

–Dime algo, por favor –le rogó–. Necesito distraerme.

–¿Distraerte? ¿Por qué?

–Porque me vuelves loco de deseo, *dolcezza*. Y, como no me concentre en otra cosa, acabaremos haciéndolo otra vez –respondió Dante–. Cuéntame algo interesante, algo sobre historia medieval.

Ella sonrió.

–Toda la historia medieval es interesante.

–No lo dudo, pero seguro que puedes contarme algo concreto. Sobre Sicilia, por ejemplo. Algo que yo no conozca.

–Está bien. ¿Sabías que Sicilia formó parte de la Corona de Aragón?

–Sí, claro, cuando formábamos parte de España.

–Exactamente.

Durante los quince minutos siguientes, Aislin le dio todo tipo de explicaciones sobre un periodo histórico que Dante no recordaba bien, aunque estaba seguro de haberlo estudiado en el colegio. Y lo hizo de un modo tan entretenido que, al final, le preguntó:

–¿Has pensado en hacerte historiadora? Aunque

también podrías trabajar en museos, haciendo visitas guiadas e instruyendo al público.

–Sí, lo he pensado, pero tendría que alejarme de casa. No hay ningún museo en la zona donde vivimos, y no quiero separarme de Orla y Finn.

–Bueno, supongo que Orla te echaría de menos, pero ahora puede contratar a alguien para que la ayude. Ya no depende necesariamente de ti.

–No, pero yo también los echaría de menos.

–Pues llévatelos contigo. Ya es hora de que empieces a vivir tu propia vida.

Aislin no dijo nada. Y ahora, mientras Dante aparcaba el coche en las cercanías de la catedral, se preguntó si ese silencio habría significado algo. Pero sus especulaciones no llegaron lejos, porque al salir del coche vio a dos personas que llamaron poderosamente su atención.

Aislin siguió la dirección de su mirada y se fijó en la pareja que caminaba hacia ellos. El hombre, de edad avanzada, tenía un bastón y una melena de pelo blanco que le daba un aire a lo Albert Einstein; la mujer, una morena bastante más joven, llevaba un vestido plateado verdaderamente *chic*, combinado con un chal de seda verde.

Fueran quienes fueran, Dante puso tan mala cara que ella se preocupó al instante. ¿Sería posible que la mujer hubiera sido amante suya?

–¿Quién es? –acertó a preguntar, celosa.

–Mi madre.

–¿Cómo?

–Esa mujer es mi madre, Immacolata.

Aislin se sintió tan aliviada como estúpida, aunque nadie se habría imaginado lo que Dante le acababa de decir. La mujer del vestido plateado no parecía tener edad suficiente para ser la madre de un hombre de treinta y cuatro años.

–¿Lo estás diciendo en serio?

–Completamente.

–Pero si podría ser tu hermana.

–Si le dices eso, se llevará una alegría. Puede que te quiera tanto como quiere a su cirujano plástico –replicó Dante.

–Pues debe de ser el mejor cirujano plástico del mundo, porque tiene una cara perfecta –comentó Aislin–. ¿Y quién es él? ¿Tu abuelo?

–No, supongo que es su futuro exmarido.

–Ah.

Dante se había quedado tan pálido que Aislin le apretó la mano en un gesto protector. A decir verdad, no sabía gran cosa de Immacolata, y la curiosidad que sentía aumentó bastante cuando vio que llevaba unos zapatos de tacón de aguja que debían de tener tres centímetros más que los suyos, lo cual no impedía que caminara con elegancia y naturalidad.

A medida que la pareja se acercaba, dedujo que Immacolata debía de ser de su misma altura, aunque eso era lo único que tenían en común. Tan morena como su hijo, tenía unos ojos azules sorprendentemente vivaces y, aunque ya no le parecía tan joven, seguía sin dar la impresión de ser la madre de un hombre hecho y derecho.

–¡Dante! –exclamó la elegante y bella mujer, abrazando a su hijo.

–Hola, madre –dijo él con frialdad–. ¿No vas a presentarme a tu acompañante?

–Sí, por supuesto. Te presento a Giuseppe, un buen amigo mío y de Riccardo d'Amore. Su esposa, que en paz descanse, ha fallecido hace poco.

Dante saludó a Giuseppe, quien le devolvió el saludo. El anciano estaba tan delgado que una ráfaga de viento se lo habría llevado volando.

–Supongo que le estás ayudando a superar su tragedia –dijo a Immacolata en voz baja.

–Hago lo que puedo –replicó su madre, con una modestia que le habría arrancado una carcajada de haberse tratado de otra persona–. Es casi tan maravilloso como tú.

–¿Y dónde está Pierre? –preguntó Dante, refiriéndose a su quinto marido.

–Pierre es historia.

–¿Qué ha hecho?

–Aburrirme –respondió ella, guiñando un ojo a Aislin–. Pero ¿quién es la belleza que te acompaña?

–Aislin –contestó Dante.

Immacolata le dio dos besos, y ella respondió con la cortesía habitual:

–Encantada de conocerte.

–Lo mismo digo.

Entonces, la madre de Dante reparó en el anillo que llevaba en el dedo, y se giró hacia su hijo con curiosidad.

–¿Se lo has regalado tú?

–En efecto.

–¿Es que os vais a casar? No me habías dicho nada.

–En primer lugar, porque tomamos la decisión hace poco y, en segundo, porque tú no te tomas la molestia de informarme de esas cosas –le recriminó él–. No recuerdo que me avisaras cuando te casaste con Pierre, y tampoco lo hiciste con Stavros.

Al ver que la catedral se estaba llenando de gente, Dante lo aprovechó como excusa para interrumpir la conversación con su madre y alejarse en compañía de Aislin. Ya se habían sentado en el interior cuando ella dijo:

—¿Qué me he perdido? Como no hablo ni italiano ni siciliano, nunca me entero de lo que habláis.

Dante le dio una breve explicación.

—Ah, vaya, así que ha dejado a tu padrastro para marcharse con un viudo rico.

—No la llaman la Viuda Negra por casualidad —dijo Dante—. Pierre era su quinto marido, y acabará bastante más pobre de lo que era, como todos los hombres que se casan con mi madre, empezando por mi padre.

Justo entonces, la orquesta empezó a tocar la marcha nupcial, y todos los invitados se levantaron. Cristina apareció entonces en la nave central y, cuando llegó al altar, la gente se sentó de nuevo.

—¿Cuántos años tenías cuando tu madre se marchó? —preguntó Aislin en voz baja.

—Siete.

—¿Se fue porque descubrió que mi madre estaba embarazada de tu padre?

—No sé por qué se fue.

Ella frunció el ceño.

—¿No se lo has preguntado nunca?

—No. Se marchó, y eso es lo único que necesito saber.

—¿Y qué hará cuando sepa quién soy? Es evidente que alguien se lo contará. ¿Me sacará los ojos?

—Lo dudo mucho. Por muchos defectos que tenga, mi madre nunca ha sido cruel. Nunca te culparía por los pecados de tu madre.

—¿Por los pecados de mi madre? Mi madre tenía diecinueve años cuando se acostó con tu padre. Seguro que la sedujo él.

Dante suspiró.

–No te enfades, Aislin. No pretendía ofenderte. Ni siquiera sabía que fuera tan joven.

Ella guardó silencio durante unos segundos y dijo:

–A decir verdad, yo tampoco sé lo que pasó entre ellos. Pero sé que tu padre no la engañó. Mi madre sabía que estaba casado.

–¿Cómo se conocieron?

–Al parecer, ella estaba de vacaciones en Sicilia con unas amigas, y se alojaron en el hotel donde estaba tu padre. Se conocieron en la piscina y, por lo que sé, fue un caso de amor a primera vista –explicó Aislin–. La típica aventura que acaba en un embarazo no deseado. Acordaron que mi madre criaría a Orla por su cuenta, y que él se limitaría a prestarle apoyo económico. Pobre Orla. Siempre quiso conocerlo, pero no se lo permitieron.

En ese momento, el sacerdote invitó a la concurrencia a entonar un himno religioso y, aunque Aislin no sabía hablar italiano, se sumó como pudo.

Cuando se volvieron a sentar, miró a Dante y le preguntó:

–¿Qué pasó después de que tu madre se marchara? ¿Os dejasteis de ver?

–No, en absoluto. Se mudó a Florencia, y nos veíamos algunos fines de semana y durante las vacaciones.

–Supongo que la echarías de menos el resto del tiempo.

Él se encogió de hombros.

–Habría echado más de menos a mi padre si se hubiera ido.

Aislin le dio una palmadita cariñosa.

–Lo siento mucho, Dante –dijo, pensando en lo

mal que lo habría pasado–. ¿Crees que tu madre era consciente de que querías más a tu padre? Quizá te dejó con él por eso.

–No, solo estaba pensando en sí misma. Se supone que las madres se desviven por sus hijos, pero eso no siempre es cierto. A la mía solo le interesaba el estado de sus uñas. Es su forma de ser.

Aislin sonrió.

–Te comprendo perfectamente. Mi madre tampoco tiene instinto maternal.

Dante ya se había dado cuenta de que la única persona que ejercía de madre en la familia O'Reilly era ella. Orla y el pequeño eran lo más importante de su vida, y se mostraba ferozmente protectora al respecto.

Al pensarlo, se acordó de algo que había pasado diez años antes, cuando se pilló una gripe de lo más insidiosa. Se encontraba tan mal que no tenía fuerzas ni para mover la cabeza y, cuando su madre se enteró, fue a verlo de inmediato.

En su momento, Dante había despreciado el gesto porque Immacolata no llegó a entrar en su habitación: se quedó en la puerta, con una mascarilla. Pero estuvo con él de todas formas. Y no un día, sino cinco. Se quedó hasta estar segura de que se estaba recuperando.

Immacolata lo quería mucho a su modo.

De hecho, estaba seguro de que, si hubiera sufrido un accidente que lo hubiera dejado en coma, habría permanecido a su lado hasta el final, aunque solo fuera porque los accidentes de tráfico no eran como la gripe: no se contagiaban. Y tampoco podía negar que, al saber que Salvatore había muerto, se había subido a un avión para estar con él.

¿Sabría Immacolata lo de Orla? ¿O había conspirado con su padre para que no supiera de su existencia?

La congregación se volvió a levantar y, tras cantar otro himno, los novios pronunciaron sus votos. Sin embargo, Dante tenía tantas cosas en la cabeza que no oyó ni una palabra, y se alegró de ello. Desde su punto de vista, el amor y la fidelidad eran dos grandes mentiras. El matrimonio acababa siempre en una decepción, y era normal que fuera así, porque el concepto de familia era decepcionante.

En cambio, los pensamientos de Aislin no podían ser más distintos. Desde donde estaban, no veía bien a los novios; pero había oído sus firmes voces, y la solemnidad de la ocasión removió algo en sus entrañas, como el nudo que se le había hecho en la garganta cuando se despertó aquella mañana y vio a Dante, plácidamente dormido.

Una semana antes, habría empezado a reírse si alguien le hubiera dicho que se emocionaría en una boda, pero el amor de Alessio y Cristina parecía tan sincero que no lo pudo evitar, y bajó la cabeza para que Dante no se diera cuenta.

¿Se enamoraría él también en algún momento del futuro? ¿Se enteraría por Orla de que había conocido a una mujer y se había casado con ella?

La idea de que acabara con otra le encogió el corazón, aunque intentó convencerse de que no tenía motivos para ello. Sencillamente, se había puesto sentimental. Algunas personas se ponían así en las bodas. Pero se sentiría mejor al día siguiente, cuando aquello fuera un simple recuerdo.

–¿Crees que su matrimonio durará mucho? –preguntó a Dante mientras salían de la catedral.

Dante asintió.

–Sospecho que sí, porque los dos son de familias que idolatran el matrimonio. Seguirán juntos aunque se odien a muerte.

–Bueno, no tienen por qué odiarse. No todas las parejas terminan así.

–No, no todas. Pero solamente porque se mueren o se divorcian antes.

Su conversación se vio interrumpida segundos después, cuando empezó la sesión fotográfica y se tuvieron que sumar a los demás. El fotógrafo empezó con una serie de los recién casados, para pasar después a sus familiares más cercanos y, por último, a la familia en general, categoría en la que estaba Dante y la propia Aislin, en calidad de prometida suya.

Dante le pasó un brazo alrededor de la cintura y, mientras posaban con la mejor de sus sonrisas, ella pensó que aquella foto iba a ser la única prueba física del tiempo que había estado con él.

Capítulo 13

PUEDES abrocharme los botones, por favor?
Dante, que se estaba afeitando en el cuarto de
baño, salió al dormitorio, se puso detrás de Aislin y se los empezó a abrochar. Se estaba poniendo el
ajustado vestido que le había enviado la boutique de
Palermo en sustitución del arrugado.

–Estuve a punto de comprar este vestido en su momento, ¿sabes?

–Sí, eso tengo entendido. ¿Qué te lo impidió?

–Que pensé que estaría ridícula con él.

–Tú no estarías ridícula con nada.

Dante lo dijo completamente en serio. Acababan
de hacer el amor, pero ya ardía en deseos de hacerlo
otra vez.

–Ni lo sueñes –le advirtió Aislin, adivinando sus
intenciones–. Limítate a abrocharme los botones,
Moncada.

–De acuerdo.

Dante abrochó los diminutos botones de la prenda
y, a continuación, dijo:

–Estás muy guapa.

Ella se ruborizó y sonrió.

–Y tú.

–Me alegro de que arrugáramos el otro vestido.

–Y yo.

El vestido nuevo era una maravilla sin mangas cu-

yas faldas le llegaban por delante hasta las pantorrillas y por detrás, hasta los tobillos. De color crema, se
ajustaba totalmente a su cintura y enfatizaba sus caderas a la perfección.

Sin embargo, no todo era tan perfecto como el vestido. Al hacer el amor, se había vuelto a estropear el
peinado, lo cual la había obligado a hacerse otro
moño. Pero Dante estaba encantado con ese detalle,
porque demostraba algo importante: que Aislin no era
una de esas mujeres capaces de renunciar al placer
con tal de que no se les moviera ni un solo pelo.

–Será mejor que nos vayamos antes de que te es-
tropee también este vestido.

Ella le pasó los brazos alrededor del cuello y le dio
un beso en los labios.

–Ya lo estropearás después, cuando volvamos a la
suite.

Dante gimió, y Aislin se sintió como en las nubes
mientras se dirigían a la sala de baile del castillo, donde
se iba a celebrar la fiesta. Se negaba a pensar que era
su última noche con él. Se negaba a analizar sus comentarios negativos sobre el matrimonio. Efectivamente, era la última noche y, en consecuencia, la última oportunidad de convencer a Riccardo d'Amore
de que estaban verdaderamente enamorados.

Al pasar por la sala de banquetes, que aquel día
habían transformado en bar, Aislin se fijó en un hombre tan alto como Dante y casi tan guapo.

Ya estaba a punto de interesarse por el descono-
cido cuando este vio a Dante, se acercó a darle un
abrazo y dos besos y, tras cruzar unas palabras con él,
se fue.

–¿Quién era? –preguntó Aislin.

Dante entrecerró los ojos.

–Tonino Valente. ¿Por qué lo preguntas?

–Porque su cara me suena de algo, aunque no sé de qué.

–Es el dueño del castillo donde estamos. Riccardo quería que estuviera presente para que controlara a los empleados. Es especialista en resolución de problemas.

–¿Y hasta qué punto lo conoces?

–Hasta uno bastante profundo, teniendo en cuenta que su padre era amigo del mío. Su padre tenía una cadena de hoteles, y no me extrañaría que fuera en uno de ellos donde tu madre conoció a Salvatore.

Aislin se quedó súbitamente pálida.

–¿Qué ocurre? –dijo él.

Ella tragó saliva.

–Que ya sé de qué me suena. Me recuerda a Finn.

–¿Al hijo de Orla?

Aislin asintió.

–Orla estuvo en Sicilia seis meses antes de sufrir el accidente. Quería conocer a tu padre, pero no se atrevió. Y un mes después, descubrió que estaba embarazada –dijo–. ¿Cómo he podido estar tan ciega? Ahora lo comprendo todo. Ahora entiendo que no quisiera darme la identidad del padre de Finn. Supuse que sería algún amigo o compañero de trabajo, pero era nada más y nada menos que…

Aislin se detuvo un momento y añadió, mirándolo con intensidad:

–No se lo digas a nadie, por favor. Puede que esté completamente equivocada y, aunque no lo estuviera, Orla me mataría si supiera que he estado especulando al respecto.

Dante guardó silencio.

–Por favor, Dante, no se lo digas a Orla. Ni a Tonino, por supuesto –insistió ella–. Tengo una imaginación desbordante. Debería callarme lo que pienso.

Dante pensó que tenía razón, porque estaba convencido de que su manía de decir ciertas cosas le iba a causar muchos problemas a lo largo de su vida. Además, la idea de que Tonino Valente fuera el padre de Finn le parecía ridícula, aunque no era eso lo que le preocupaba de verdad, sino los celos que había sentido cuando se interesó por él.

¿Cómo era posible que estuviera celoso? No lo había estado jamás. Pero había bastado una semana con ella y un par de noches de amor para que ardiera en deseos de matar a uno de sus más viejos y mejores amigos.

–Prométeme que lo mantendrás en secreto.

Dante pensó que sería la promesa más fácil de su vida, porque no tenía intención de contarle nada a nadie, pero se sintió mal cuando se la hizo. ¿Por qué tenía que prometer nada? No le había hecho ninguna promesa en lo tocante a conocer a Orla, y ni siquiera se la había hecho cuando lo invitó a la fiesta de cumpleaños de Finn. ¿Y por qué le estaba dando tantas vueltas, si era algo sin importancia?

Dante llegó a la conclusión de que se sentía inseguro por los oscuros sentimientos que habían hecho presa en su corazón al ver a Immacolata. No quería formar parte de una familia llena de mentiras, pero Aislin le había pedido que añadiera un secreto más a los anteriores, uno directamente relacionado con el mayor de todos, la existencia de Orla.

Por suerte, Dante era consciente de que Aislin no era culpable de las mentiras de los demás, y estaba decidido a disfrutar del tiempo que les quedaba. Sin embargo, eso no significaba que quisiera algo profundo con ella. De hecho, creía que la deseaba tanto porque siempre había sabido que solo estarían juntos un fin de semana.

Además, Aislin era un ejemplo ambulante de todo lo que él no quería. Había renunciado a su vida durante tres largos años para cuidar de su hermana y su sobrino, y había renunciado a ella en la mejor época de su juventud. Para Aislin, la familia era lo más importante; para él, un problema engorroso.

No, aprovecharía sus últimas horas de falso noviazgo y se despediría de ella sin arrepentimiento alguno. Al fin y al cabo, no estaba enamorado. Era una simple cuestión de deseo.

Aislin intentó olvidarse de Tonino Valente y concentrarse en la fiesta, la más lujosa de todas a las que había asistido.

Había de todo, desde una fuente de champán que habría batido un récord mundial de tamaño hasta otra de chocolate a la que no se podía acercar nadie que tuviera más de diez años. Y, mientras el ejército de camareros iba de un lado a otro con bandejas cargadas de canapés, uno de los DJ más famosos del mundo deleitaba a la concurrencia con sus mezclas de clásicos musicales de la década de los ochenta.

El ambiente era espectacular, y se lo pasó en grande mientras bebía cerveza con Dante, Sabine y su marido, François, quien demostró ser de lo más divertido tras tomarse unas cuantas copas. Para entonces, ya se sentía como pez en el agua. Estaba tan relajada que no le molestó ni la maliciosa presencia de Katrina, que se acercó a ellos en determinado momento. Solo le daba pena. Había construido su propio infierno y se había encerrado en él.

Sin embargo, había alguien que la incomodaba: Dante. A simple vista, estaba tan encantador como de costumbre, pero estaba segura de que le pasaba algo, aunque no sabía qué.

—¿Bebes cerveza?

Aislin se sobresaltó al oír la voz de Riccardo d'Amore, que apareció de la nada.

—Sí —respondió—. El champán me da dolor de cabeza.

—¿Y por qué no te tomas un cóctel?

—Porque me bebería más de uno, me emborracharía y haría alguna estupidez que me dejaría en ridículo. Prefiero limitarme a la cerveza.

Dante se sonrió para sus adentros, porque Aislin había hablado tan deprisa que Riccardo no habría entendido ni la mitad, aunque eso no impidió que el patriarca de los D'Amore asintiera caballerosamente antes de girarse hacia él.

—¿Estarás libre este lunes? —le preguntó.

—Eso depende. ¿Por qué lo quieres saber?

—Porque he estado pensando en el acuerdo que le ofreciste a Alessio. Puede que me precipitara demasiado cuando lo rechacé. Mi hijo tiene buena cabeza para los negocios.

Dante sabía que Riccardo era demasiado orgulloso para reconocer un error, pero lo presionó de todas formas.

—¿Qué me estás diciendo exactamente?

—Que no debí interferir. He hablado con él, y ha insistido en que tu oferta es la mejor que tenemos —respondió—. Además, los contratos que dejasteis sin firmar siguen donde estaban y, aunque Alessio se irá de luna de miel el lunes por la tarde, tendría tiempo de sobra para formalizar el acuerdo... si aún se mantiene en pie, claro.

Dante hizo un esfuerzo por disimular su euforia. Riccardo podía ser un hombre orgulloso, pero él también lo era.

–Tengo reuniones todo el día, y luego me voy de viaje, pero estaré en el despacho por la mañana. Si Alessio puede pasar hacia las once de la mañana, lo recibiré.

–Entonces, ¿estás dispuesto a seguir adelante?

–Si puede ir a las once, sí.

–Allí estará –dijo Riccardo–. ¿Adónde vas, por cierto?

–A Madrid. Mi vuelo sale por la tarde.

Riccardo sacó un pañuelo y se secó el sudor de la frente.

–Bueno, no te preocupes por nada. Alessio estará a las once en tu despacho.

Dante lo miró y sonrió por primera vez.

–Entonces, trato hecho.

–Trato hecho –repitió Riccardo, estrechándole la mano.

Cuando Aislin se despertó a la mañana siguiente, tenía una extraña presión en el pecho; pero lo achacó al brazo de Dante, que estaba dormido a su lado.

Su humor había mejorado notablemente después de que Riccardo cambiara de opinión sobre el acuerdo, y la euforia que le demostró en la pista de baile se extendió más tarde a la cama, donde hicieron el amor tantas veces que apenas pegaron ojo.

De hecho, Aislin estaba tan encantada que no quería dormir. Si hubiera sido por ella, la noche habría durado eternamente. Pero la naturaleza tenía sus propias ideas y al final, se quedaron dormidos.

¿Qué iba a hacer ahora? Su aventura estaba a punto de terminar. El sol ya había salido, y se filtraba entre las pesadas cortinas del balcón.

No, la presión de su pecho no tenía nada que ver con ningún brazo. Ni la presión de su pecho ni el vacío de su estómago ni el nudo de su garganta. Estaba así porque solo le quedaban unas cuantas horas de felicidad.

Pero aún no había perdido la esperanza.

Aún cabía la posibilidad de que Dante no estuviera preparado para despedirse de ella.

El desayuno se sirvió en el comedor principal. Los invitados que habían estado en la fiesta tenían un aspecto notablemente menos animado que la noche anterior, y algunos se estaban atiborrando de pastillas contra la resaca. Los únicos que estaban tan entusiastas como siempre eran los niños.

Dante no tenía mucho mejor aspecto que los demás, aunque no había perdido el apetito. En cambio, ella tuvo que hacer un esfuerzo para tomarse el café, el zumo de naranja y el croissant que había pedido. La idea de perder a Dante le resultaba tan dolorosa que le costaba mirarlo a los ojos.

¿Cómo era posible que se hubiera enamorado de él? ¿Cómo era posible que, en el transcurso de una simple semana, hubiera pasado de creer que no volvería a estar con ningún hombre a no poder vivir sin uno? No encontraba ninguna explicación, salvo que

Dante había resultado ser mucho mejor de lo que se había imaginado.

Ya se disponían a levantarse de la mesa cuando Riccardo d'Amore y su esposa se acercaron.

—Buenos días —dijo él en inglés.

—Buenos días —replicó Aislin.

—Nos gustaría que vinierais a casa a cenar.

—¿A cenar? —preguntó Dante, perplejo.

—¿Dante y yo? —dijo Aislin, del mismo modo.

—*Mercoledi*? —intervino la esposa de Riccardo.

—Sí, el miércoles.

Aislin se sintió como si el cielo se hubiera abierto ante ella. Su aventura no había terminado. Iba a estar cuatro días más con él.

—A mí me parece perfecto —dijo, sonriendo de oreja a oreja—. Creo que no teníamos ningún compromiso ese día. ¿Verdad, Dante?

Él sacudió la cabeza.

—Entonces, aceptamos el ofrecimiento.

Riccardo se lo tradujo a su esposa, que sonrió.

De vuelta en la suite, Aislin empezó a recoger sus cosas para guardarlas en la maleta. Estaba tan contenta que no cabía en sí de puro gozo. ¡Cuatro días más con Dante! Por supuesto, tendría que llamar a Orla para advertírselo, pero no sería ningún problema.

—¿Quieres el balance del dinero que voy a transferir a Orla? —preguntó él, interrumpiendo sus pensamientos.

—Sí, gracias —respondió ella, pasando los brazos alrededor de su cuello—. Supongo que estarás encantado. Tu plan no podría haber salido mejor.

Aislin esperaba que le diera un beso en los labios, y se sintió decepcionada cuando se lo dio en la frente.

—Sí, me alegra que Riccardo haya entrado en ra-

zón. Mi oferta les dará bastante más dinero que la de
la competencia –replicó–. En fin, haré esa transferencia.

Dante se apartó de ella y sacó su teléfono móvil.

–Llamaré a Orla para decirle que no volveré hasta
el jueves.

–¿Hasta el jueves? ¿Y eso?

–¿Ya has olvidado que vamos a cenar con los D'Amore
el miércoles?

Dante se sentó, sin apartar la vista de la pantalla
del teléfono.

–No habrá ninguna cena.

–¿Cómo? Pero si dijiste que iríamos…

Él se limitó a encogerse de hombros.

–No puedes hacer eso. Riccardo se daría cuenta de
lo que pasa.

–Y daría igual, porque firmaremos el acuerdo este
lunes.

–¿Y no puede cambiar de opinión después?

–No, no puede.

–Vamos, que le has mentido.

–Yo no acepté su invitación. La aceptaste tú.

–Pero insinuaste que estabas libre –dijo ella, súbita
y profundamente deprimida.

–No es tan importante. Pero no te preocupes, que
no esperaré hasta el último momento. Anularé la cena
en cuanto firmemos el contrato.

–A mí no me importaría ir. Tendrás que trabajar
con él, y comprendo que…

–No trabajaré con él, sino con su hijo.

–Pero herirás sus sentimientos.

–De la manera más suave posible. Además, no nos
invitaron a cenar porque quisieran estar conmigo, sino
porque tú les caes bien.

–Bueno, pero te aseguro que estaría encantada de quedarme unos días más. Es lo mínimo que puedo hacer.

Dante suspiró.

–Aislin, me voy a Madrid esta tarde, y estaré muy ocupado durante los dos próximos días.

–Nunca he estado en Madrid.

–Pues es una ciudad preciosa. Deberías ir alguna vez.

Aislin empezó a ser consciente de lo que pasaba de verdad, y quiso salir de dudas.

–¿Es que no te gusta la idea de estar más tiempo conmigo?

–Me gustaría si pudiera, pero no puedo.

Ella frunció el ceño.

–¿He hecho algo que te haya molestado?

–No, has interpretado tu papel a la perfección… *Va bene*, ya he transferido el dinero. Te reservaré un vuelo para que vuelvas a Irlanda esta misma tarde. Te prestaría mi avión, pero lo necesito para ir a Madrid. Y sobra decir que, cuando llegues a tu país, te estará esperando un coche que te llevará a casa.

Dante, que no había apartado la vista del teléfono en ningún momento, alzó la cabeza y la miró. Pero en sus ojos no había emoción alguna.

–¿Ya has terminado de hacer la maleta? Porque nos tenemos que ir.

Capítulo 14

CUANDO salieron del castillo, Dante tomó el camino del aeropuerto, con intención de dejarla en la terminal y volver a su casa para organizar su visita a Madrid. Y, al cabo de unos minutos, empezó a sonar el teléfono de Aislin, pero ella hizo caso omiso.

–¿No vas a contestar?

–Será Orla.

–¿Y por qué no contestas?

–Porque sé lo que me va a preguntar, pero no sé qué decir.

–¿Qué te va a preguntar?

–Querrá saber si va a conocerte antes de la fiesta de Finn.

Él apretó el volante con más fuerza y pisó el acelerador. Quería llegar al aeropuerto cuanto antes. Unos minutos más, y no tendría que volver a pensar en ninguna de las O'Reilly.

–¿No vas a decir nada? –preguntó ella.

Dante guardó silencio.

–Está bien, como quieras.

Al llegar al aeropuerto, él apagó el motor y se giró hacia Aislin. Pero se encontró mirando su nuca, porque ya se disponía a salir del vehículo.

–Te estará esperando una empleada de la línea aérea –dijo él–. Tiene órdenes de ayudarte en todo lo que puedas necesitar.

Esa vez fue ella quien guardó silencio.

–¿Aislin?

Aislin se giró. Había estado a punto de romper a llorar, pero recuperó el aplomo de tal manera que sus ojos grises estaban completamente secos.

–Saca tu teléfono –dijo con brusquedad–. Te daré el número de Orla, para que puedas llamarla cuando tenga los resultados de la prueba de ADN.

–Aislin, yo…

–Si me das el tuyo, se lo pasaré a mi hermana –lo interrumpió–. Estaría bien que hablarais antes de conoceros.

–No.

–¿No? ¿Qué significa eso?

–Que no quiero conocer a Orla.

Ella lo miró con asombro.

–¿Por qué no? ¿Cómo es posible que no quieras conocer a tu hermana? Sé que Orla puede llegar a ser de lo más irritante, pero es una buena persona.

–Orla no es hermana mía, Aislin.

–Oh, vamos, ¿otra vez con esas? Claro que lo es.

–No, *dolcezza*. Estoy seguro de que la prueba de ADN demostrará que somos familiares, pero eso no la convierte en mi hermana. Para mí, es una simple desconocida. Y no quiero desconocidos en mi vida.

–Pero tendrás que verla antes de ir a la fiesta de Finn.

–No voy a ir a esa fiesta.

–Pero tú dijiste que…

–Yo no dije nada. Solo dije que me lo recordaras después de la boda.

–Dante, por favor. Dales una oportunidad.

–¡No!

Aislin se quedó perpleja por la violencia de su exclamación, que acompañó de un golpe en el volante.

–No es cuestión de oportunidades. Sencillamente, no los quiero en mi vida. Estoy harto de las familias y de todas las mentiras que conllevan. Además, ¿qué puede querer tu hermana de mí?¿Dinero? Ya tiene más del que necesita. Y, si ha podido vivir veintisiete años sin mí, ¿por qué quiere conocerme ahora? ¿Por qué diablos quiere conocerme?

Dante pegó otro puñetazo al volante, y tan fuerte que tuvo que hacerse daño.

–¡Llevo toda la vida intentando olvidar los errores de mi padre! ¡Le ayudé hasta el final! ¡Le di una casa cuando destruyó lo que mis abuelos habían construido! ¡Estuve con él cada vez que me necesitaba, y ahora me entero de que sabía que tenía una hija y no me lo contó! ¡Malditos sean Salvatore y la egoísta de mi madre, que solo se quiere a sí misma!

Tras unos segundos de silencio, Dante sacudió la cabeza y siguió hablando.

–Y qué decir del resto de mi familia… hermanos que se odian, esposas que engañan a sus maridos y padres hipócritas que dan lecciones morales a los demás, siempre fingiendo que sus podridas vidas son maravillosas. Pues bien, yo no quiero nada de eso. Y no me hables de tu hermana, porque es tan traicionera como los demás. El padre de Finn ni siquiera sabe que tiene un hijo. Orla no se lo contó.

Aislin se puso roja como un tomate.

–Si conocieras a Orla, sabrías que no guardaría ningún secreto sin un buen motivo.

–¿Y qué prueba tengo de eso? ¿Tu palabra?

–¿Es que mi palabra no es suficiente? ¿No te he demostrado ya que soy digna de confianza? –preguntó.

–No creo nada sin pruebas.

–Y yo que me tenía por una desconfiada… Mira,

comprendo que estés dolido, pero no eres el único que lo ha pasado mal. Mi madre nos abandonó cuando yo tenía diecinueve años, y ni siquiera fue capaz de volver cuando Orla sufrió el accidente. Pero ni ella ni yo sentimos lástima de nosotras mismas.

Aislin sacudió la cabeza y añadió:

–Cuando Patrick me engañó con mi compañera de piso, pensé que no volvería a confiar en nadie que no fuera mi hermana. Y estuve a punto de cumplir esa promesa. Pero entonces te conocí a ti, y me convencí de que estaba equivocada, de que había personas que merecían mi confianza. ¿Cómo pude ser tan estúpida? ¡Eres peor que ninguno de ellos! ¡Has llegado al extremo de hacerme creer que asistirías a la fiesta de Finn!

–Yo no te hice creer nada. Eso es cosa tuya.

–¡Basta de mentiras y de excusas! ¡Has demostrado que eres un maldito mentiroso! Orla y Finn creen que vas a formar parte de sus vidas, y lo creen porque me diste una falsa esperanza, lo cual me convierte en mentirosa a mí. ¿Qué pensarán cuando oigan la verdad de mis labios? Les voy a hacer un daño terrible, y se lo voy a hacer por tu culpa.

–Aislin…

–¿Cómo te atreves a llamar mentirosa a mi hermana? Engañas a Riccardo, engañas a tu propia familia y me engañas a mí. Definitivamente, eres el peor mentiroso de todos; un canalla que soluciona sus problemas a golpe de billetera. «¿Que tengo una hermana? Toma dinero. ¿Que necesito fingir un noviazgo? Toma dinero. ¿Que mi sobrino está mal? Toma dinero…». Pues bien, ya tienes lo que querías, pero a Orla no le llegas ni a la suela de los zapatos.

Aislin se quitó el anillo de compromiso y lo tiró al suelo antes de abrir la puerta del vehículo.

–Hasta nunca, Dante.

Luego, alcanzó el bolso y se dirigió a la entrada de la terminal. Él arrancó rápidamente y se marchó.

Momentos después, Aislin se dio cuenta de algo importante: de que se había dejado la maleta en el coche. Pero ya era tarde.

Immacolata ya estaba en el restaurante cuando Dante llegó. Había pedido una copa de vino blanco y, al verlo, se levantó de la silla y le dio un abrazo.

–¿Dónde está tu belleza irlandesa?

–En Irlanda.

Su madre lo miró con interés.

–¿Habéis discutido?

–Hemos roto –respondió él sin más–. ¿Ya has mirado la carta?

–Sí.

El camarero les tomó nota y, a continuación, ella preguntó:

–¿Qué ha pasado?

–¿Con qué?

–Con tu irlandesa.

–Nada. Sencillamente, decidimos que no queríamos casarnos.

–Pues es una pena, porque me caía bien. Y sé que también te gusta a ti.

–Madre… –dijo Dante, en tono de advertencia.

–Está bien, no volveré a hablar de ella. Pero ¿qué estamos haciendo aquí? Supongo que me invitarías por algún motivo. Más que nada, porque nunca me habías invitado a cenar.

Dante respiró hondo.

–¿Por qué dejaste a mi padre? ¿Porque había dejado embarazada a otra mujer? –preguntó sin más.

Ella entrecerró los ojos.

–Sí, me marché por eso, pero no me divorcié de Salvatore por ese motivo. Ya me había cansado de él. Esa aventura fue la excusa que necesitaba.

El camarero apareció con el vino que Dante había pedido, y este dio un trago antes de decir:

–¿Por qué necesitabas una excusa?

–La necesitaba para justificarme. Esa irlandesa no era la primera mujer con la que Salvatore se acostaba; pero, lo creas o no, me mantuve a su lado por ti, porque sabía que te perdería si nos divorciábamos. Tu padre era un marido espantoso, pero un padre excelente, que es más de lo que se puede decir de mí. Yo no habría sido capaz de separarte de él. Lo querías con toda tu alma. No te podía hacer eso.

Dante dio otro trago de vino.

–¿Y por qué no me dijiste lo de Orla? ¿Por qué no me hablaste de ella? ¿Por qué tantos secretos? –quiso saber.

Ella suspiró.

–Eso fue decisión de tu padre. Yo me limité a respetar su deseo –contestó–. Por lo visto, la madre de Orla no quería que Salvatore formara parte de su vida y, aunque él podría haber llevado el asunto a los tribunales, no quiso causarle problemas. Además, los dos pensamos que ya habías sufrido bastante con nuestra separación. Nos pareció que guardarlo en secreto era lo más racional, lo menos dañino.

–Comprendo que mi padre no me lo dijera cuando era un niño, pero ¿por qué no me lo contó después?

Ella se encogió de hombros.

–No lo sé. Supongo que tenía miedo de que le

odiaras. Tú eras la única persona a la que verdaderamente quería. Si no hubiera sido porque tenía que cuidar de ti, su problema con el juego lo habría destruido mucho antes.

El camarero les sirvió entonces el primer plato y, por primera vez en la vida de Dante, su madre y él tuvieron una conversación de verdad, una conversación sobre el pasado, sobre la vida de ella y sobre su constante búsqueda de un hombre que la hiciera feliz.

Al cabo de un rato, empezó a entender sus motivos y, cuando ya habían terminado los postres, se sintió más cerca de ella de lo que se había sentido nunca.

—Dante, sé que he cometido muchos errores, pero ¿puedo darte un consejo?

Él asintió.

—Me he casado muchas veces, y admito que el dinero siempre ha formado parte de esa manía, pero también es verdad que siempre he intentado amar a mis maridos.

—¿Qué quieres decir con eso?

—Que el amor es escurridizo y difícil de encontrar. Tan difícil que tienes que aferrarte a él si tienes la suerte de cruzarte en su camino —declaró—. No sé lo que ha pasado entre tu irlandesa y tú, pero os vi en la boda y sé que os queréis mucho.

—No estoy enamorado de ella, mamá.

Su madre lo miró con una mezcla de desconfianza y tristeza.

—No, no lo estoy. No me mires así, porque no lo estoy —insistió él—. Ha sido una simple aventura, y ya ha terminado.

Immacolata no dijo nada, pero no necesitaba hablar para que Dante supiera lo que estaba pensando: que se engañaba a sí mismo.

Capítulo 15

L A CASA era pequeña, pero Dante se dio cuenta de que estaba en buenas condiciones, al igual que el jardín delantero. Se notaba a simple vista, incluso en un día de lluvia y a través del cristal de un coche.

Habían pasado cinco días desde la cena con su madre, cinco días de angustia y dolor. Se había dado cuenta de que había cometido un error imperdonable. Se había comportado como un idiota. Aislin tenía razón al afirmar que era el peor mentiroso de todos, aunque solo fuera porque lo llevaba hasta el extremo de mentirse a sí mismo.

Sin embargo, tenía que verla. No podía permitir que las cosas terminaran así. Habían estado juntos poco tiempo, pero ese tiempo le había dejado una huella indeleble, y no se sentía capaz de seguir viviendo sin volver a ver su cara, sin tener la ocasión de arrodillarse ante ella y pedirle perdón, de rogarle que le concediera otra oportunidad, de decirle que se había enamorado de ella.

Y se había enamorado. No tenía ninguna duda. Aislin había llevado la luz a una vida que hasta entonces era un cúmulo de sombras.

Por supuesto, cabía la posibilidad de que lo rechazara; pero eso no impediría que formara parte de su familia, porque había cambiado de opinión en lo tocante a Orla y a Finn. Los quería conocer. Lo quería de verdad.

Aún estaba sentado al volante cuando la puerta de la casa se abrió y dio paso a una esbelta morena que lo miró desde la entrada, sin moverse de allí. Dante abrió la portezuela y caminó bajo la intensa lluvia, consciente de que aquella mujer era su hermana.

–Sabía que vendrías –dijo ella cuando llegó a su altura.

–¿Por qué?

–Porque eres mi hermano, claro.

Orla le dio un abrazo tan fuerte que él se sorprendió abrazándola del mismo modo, más emocionado de lo que se habría imaginado nunca. Estaba con su hermana. Con la sangre de su sangre.

Al cabo de unos momentos, ella le dio un beso en la mejilla y lo llevó al interior de la casa, donde le preparó un café.

–Finn está durmiendo –le informó–, pero se despertará dentro de poco.

–¿Y dónde está Aislin?

–En Dublín, en una entrevista de trabajo –contestó Orla–. Ya la verás la siguiente vez que vengas… porque vendrás otra vez, ¿no?

Él respiró hondo.

–Claro que sí. Y siento haberte dado otra impresión. No podía pensar con claridad –se excusó–. Si tu invitación sigue en pie, me encantaría asistir a la fiesta de mi sobrino.

–Por supuesto que sigue en pie –dijo ella con una sonrisa–. Aislin se llevará una alegría cuando lo sepa.

–¿Qué tal está?

–Bien, haciendo planes para el futuro. Me ha convencido de que nos mudemos a Dublín, donde Finn tendrá más recursos a su alcance y nosotras, más posibilidades de conseguir un empleo. Por cierto, todavía no te he dado las gracias por lo que has hecho. Has cambiado nuestras vidas.

Poco después, Orla despertó a Finn y lo sentó en su silla de ruedas. Dante estaba evidentemente informado de su situación, pero no fue completamente consciente de ella hasta ese preciso momento.

–¿No puede caminar nada?

–Puede caminar un poco, pero sus músculos son demasiado débiles. Cuando nos mudemos a Dublín, tendrá mejor tratamiento y quizá, alguna esperanza de llevar una vida normal.

–¿Aislin te sigue ayudando con él?

–¿Que si me ayuda? No sé qué habríamos hecho sin ella. Renunció a todo por cuidar de nosotros, y no sabes cuánto me alegro de que esté recuperando su vida.

Horas después, Dante se despidió de Orla y su sobrino y volvió al coche, con el corazón partido entre la felicidad de haber conocido a su hermana y el dolor de no haber visto a Aislin, quien seguramente le odiaba.

Orla había dicho que estaba intentando recuperar su vida, y él lo interpretó de la peor manera posible, creyendo que se había olvidado de él. ¿Sería posible que ya no sintiera nada, que su amor hubiera muerto?

Todo parecía indicar que sí.

Aislin abrió la puerta con sumo cuidado y entró en la casa del mismo modo.

–¿Por qué entras a hurtadillas? –preguntó su hermana desde el salón.

–No entraba a hurtadillas. He pensado que podías estar dormida, y no te quería despertar.

–¿Crees que sería capaz de dormir sabiendo que está lloviendo a mares y que tenías que volver de Dublín en coche? Anda, siéntate y descansa un poco. ¿Te apetece una taza de té?

–Sí, gracias.

Orla sonrió de un modo extraño, como si estuviera particularmente contenta por algún motivo, y Aislin sintió curiosidad.

–¿Ha pasado algo?

–Te lo habría dicho por teléfono, pero no estaba segura de cómo reaccionarías, y no quería que sufrieras un accidente por mi culpa.

–Cuéntamelo de una vez –dijo ella, alcanzando la tetera.

–Alguien ha venido a verte.

–¿Quién?

–Dante.

Aislin se quedó tan sorprendida que soltó la tetera y se rompió en mil pedazos.

–Oh, lo siento mucho. Oh, Dios mío... ¿Ha venido?

Orla volvió a sonreír.

–Sí, ha estado varias horas en casa. Se ha disculpado conmigo, y hemos estado hablando de un montón de cosas. Sé que te parece un canalla, pero yo creo que es una gran persona. Me ha gustado mucho, la verdad.

–¿Y qué le ha parecido a Finn? –preguntó Aislin, recogiendo los pedazos de la tetera.

–¡Se ha quedado prendado de él! Le ha prometido que le comprará una silla de ruedas nueva para su cumpleaños y, aunque yo le he dicho que ya tenía intención de comprarle una, ha insistido de todas formas –contestó Orla–. De hecho, va a venir a la fiesta.

–Vaya, me alegro mucho.

–Ha preguntado por ti, claro. Ah, y se ha prestado a alquilarnos una casa en Dublín para que vivamos en ella hasta que podamos vivir en la nuestra. Dice que él se encargará de todo, lo cual es un alivio, porque nos tenemos que marchar a finales de semana.

–¿Tan pronto? Cómo se pasa el tiempo…

Aislin abrió el frigorífico para sacar un cartón de leche y, para su completo horror, el cartón acabó del mismo modo que la tetera que acababa de destrozar.

–¿Estás bien, Ash? –preguntó Orla.

Ella sacudió la cabeza. Acababa de comprender que no podía vivir sin Dante Moncada. Lo había intentado. No había hecho otra cosa durante los trece días transcurridos desde que se subió al avión y se marchó de Sicilia. Pero no podía vivir sin él. Por eso era incapaz de conciliar el sueño. De hecho, ni siquiera podía tomar café, porque se acordaba de Dante cada vez que se servía uno.

Desesperada, rompió a llorar sin poder evitarlo. Y Orla la abrazó hasta que no le quedaron más lágrimas.

–¿Estás bien, Ash? –dijo Orla, entrando en la habitación.

Aislin abrió los ojos. Se había quedado dormida después de la agotadora sesión de lágrimas de la noche anterior, y había dormido mejor que en mucho tiempo.

–¿Qué hora es?

–Las diez –respondió Orla, que le dio un paquete–. Creo que esto es para ti. Ha llegado hace un rato.

Aislin alcanzó el paquete y lo abrió. Contenía nada

más y nada menos que el anillo de compromiso que le había regalado Dante. Pero también había otra cosa, una carta.

–¿No la vas a leer? –preguntó su hermana.

–Tengo miedo –le confesó ella.

–Venga, léela.

Aislin respiró hondo y la leyó. Decía así:

Mi querida Aislin:

Este anillo es tuyo. Te pertenece y puedes hacer lo que quieras con él.

Siento haberte hecho daño. Siento haber abusado de tu confianza. Siento ser un estúpido que desconfía de todo el mundo. Siento todo lo que he hecho. Pero espero que algún día me puedas perdonar.

Gracias por haber cuidado tan bien de nuestra hermana y nuestro sobrino. Tengo entendido que estás recuperando tu vida, y no sabes cuánto me alegro. Sin embargo, quiero que sepas que siempre estaré contigo, compartiendo las cargas familiares. Te prometo que nunca les volveré a hacer daño.

Decidas lo que decidas hacer, deseo que seas feliz. Nadie se merece la felicidad más que tú.

Con todo mi amor,

Dante

Aislin volvió a leer la carta varias veces, incapaz de creer lo que había escrito al final: *Con todo mi amor.* Dante le estaba confesando que se había enamorado de ella.

Al final, se levantó de la cama y corrió hacia la cómoda.

–¿Qué haces? –preguntó Orla.

–Buscar mi pasaporte. ¿Puedes prestarme dinero?

–No, pero te lo puedo dar –respondió su hermana con ironía–. ¿Quieres que te reserve un vuelo a Sicilia mientras te vistes?

–Por supuesto que sí.

Dante salió del despacho de su difunto padre y apagó la luz. Había vuelto de Irlanda por la mañana, y ahora estaba metiendo en cajas las pertenencias de Salvatore. Aún no sabía lo que iba a hacer con la casa, pero el simple hecho de guardar sus cosas estaba siendo una tortura para él. Lo echaba tanto de menos que no pudo resistirse al impulso de subir a su antigua habitación y sentarse en la cama.

Al cabo de unos minutos, alguien llamó a la puerta principal. Dante no hizo ni caso, y tampoco lo hizo cuando el timbre sonó por segunda vez.

–¿Dante? –gritó alguien desde el vestíbulo.

Dante se quedó atónito. No podía ser. ¿Era la voz de Aislin? ¿O lo había soñado?

Rápidamente, salió de la habitación y empezó a bajar por la escalera.

–¿Aislin?

Ella se giró, y él la miró como si estuviera viendo un fantasma.

–¿Qué estás haciendo aquí?

Aislin carraspeó.

–Acabo de recibir tu carta.

–Ah.

Ella respiró hondo.

–Has escrito que quieres que sea feliz pase lo que pase. Pero, para ser feliz, necesito una cosa –continuó ella–. Los días que estuve contigo fueron los más felices de mi vida.

–¿Qué estás insinuando?

–Que no he sido feliz ni un solo minuto desde que me fui de Sicilia –le confesó Aislin–. Sé que te dije unas cosas terribles, pero…

–¡Basta! –la interrumpió él–. No te atrevas a disculparte por decir la verdad. Me porté muy mal contigo.

Dante alzó una mano y acarició el cabello rojo que tanto le gustaba.

–Tenía miedo, ¿sabes? Miedo de lo que sentía por ti, miedo de lo que podía pasar. Fui un estúpido, el mayor estúpido del mundo. Me convencí de que no te necesitaba, cuando soy incapaz de vivir sin ti –dijo, besándola dulcemente–. Me siento como si hubieras estado en el fondo de mi corazón desde que empecé a vivir.

–A mí me pasa lo mismo –susurró ella.

–¿En serio? –preguntó, desconcertado–. Pensé que me odiabas.

–¿Odiarte? Sin ti, estoy completamente perdida, Dante. ¿Qué vida voy a recuperar si no estás a mi lado? No puedo comer, no puedo dormir, no puedo hacer nada… Hemos estado poco tiempo juntos, pero me ha cambiado por completo. Tú me has cambiado, y no me puedo imaginar un futuro sin ti.

Dante no lo pudo evitar. La besó con toda su alma. La besó hasta dejarla sin aire y, solo entonces, dijo:

–Te amo.

–Yo también te amo –declaró ella, aferrada a su cuello.

Por primera vez en varias semanas, los dos se sintieron como si volvieran a respirar otra vez. Y el aire que respiraban nunca había sido mejor.

Luego, él la miró a los ojos y se juró a sí mismo que no volvería a perder la luz que Aislin O'Reilly había llevado a su vida. La había echado demasiado de menos. Y quería tenerla hasta el fin de sus días.

Epílogo

EL SOL de finales de verano iluminaba el interior de la catedral cuando Aislin caminó hasta el altar con su pesado vestido de novia, cuya cola sostenían Orla y los hijos de Sabine. Se acordaba perfectamente de la primera vez que había estado en aquel lugar, porque fue el día en que comprendió que se había enamorado de Dante. Y ahora, cuatro meses después, se iba a casar con él.

Dante le había propuesto el matrimonio durante la fiesta de cumpleaños de Finn, y ella había aceptado sin dudarlo un momento. Todo había sido tan rápido que no se lo podía creer; incluido su embarazo, que descubrió dos días después de conseguir su licenciatura universitaria. Nunca olvidaría la cara de felicidad del hombre con el que estaba a punto de casarse.

De no querer tener familia, Dante había pasado a desear montones de hijos, tantos como para hacer un equipo de fútbol, aunque ella pensaba que un equipo de voleibol sería bastante más manejable.

Ni la negativa de Orla a mudarse a Sicilia había ensombrecido su felicidad. Además, tampoco tenía importancia. Con el avión de Dante y los medios tecnológicos modernos, podían verse tanto como quisieran. Y, como él se había encargado de que Finn recibiera la mejor atención posible, Aislin tenía la seguridad de que Orla y su sobrino estarían perfectamente.

Desde luego, no podía negar que los echaba de menos; pero había encontrado algo distinto: su media naranja, la parte que le faltaba para estar completa. Y, cuando llegó al altar y lo miró a los ojos, supo que Dante se encontraba en la misma situación.

Definitivamente, estaban hechos el uno para el otro. Habían creado su propio paraíso personal.

Bianca

**Ella era tan pura como la nieve de invierno…
¿conseguiría redimirlo con su inocencia?**

LA REDENCIÓN
DEL MILLONARIO

Carol Marinelli

Abe Devereux, un carismático magnate de Manhattan, era conocido por tener el corazón helado. Así que cuando conoció a Naomi, una niñera compasiva que estaba dispuesta a reconocer la bondad en él, le pareció una novedad… ¡Igual que la intensidad de la innegable conexión que había entre ambos! Abe era un hombre despiadado y quería que aquella tímida cenicienta se metiera entre sus sábanas, pero ¿seducir a la amable Naomi sería su mayor riesgo o su mejor oportunidad de redención?

Acepte 2 de nuestras mejores novelas de amor GRATIS

¡Y reciba un regalo sorpresa!

Oferta especial de tiempo limitado

Rellene el cupón y envíelo a
Harlequin Reader Service®
3010 Walden Ave.
P.O. Box 1867
Buffalo, N.Y. 14240-1867

¡Si! Por favor, envíenme 2 novelas de amor de Harlequin (1 Bianca® y 1 Deseo®) gratis, más el regalo sorpresa. Luego remítanme 4 novelas nuevas todos los meses, las cuales recibiré mucho antes de que aparezcan en librerías, y factúrenme al bajo precio de $3,24 cada una, más $0,25 por envío e impuesto de ventas, si corresponde*. Este es el precio total, y es un ahorro de casi el 20% sobre el precio de portada. ¡Una oferta excelente! Entiendo que el hecho de aceptar estos libros y el regalo no me obliga en forma alguna a la compra de libros adicionales. Y también que puedo devolver cualquier envío y cancelar en cualquier momento. Aún si decido no comprar ningún otro libro de Harlequin, los 2 libros gratis y el regalo sorpresa son míos para siempre.

416 LBN DU7N

Nombre y apellido	(Por favor, letra de molde)

Dirección	Apartamento No.	

Ciudad	Estado	Zona postal

Esta oferta se limita a un pedido por hogar y no está disponible para los subscriptores actuales de Deseo® y Bianca®.
*Los términos y precios quedan sujetos a cambios sin aviso previo.
Impuestos de ventas aplican en N.Y.

SPN-03
©2003 Harlequin Enterprises Limited

DESEO

Tenía que salvar la boda de su hermano…
¡Sin enamorarse de un extraño!

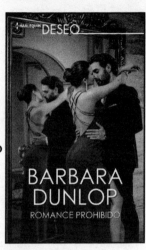

Romance prohibido

BARBARA DUNLOP

Layla Gillen tenía que poner el máximo esfuerzo para evitar que la futura esposa de su hermano le dejase, pero se entretuvo pasando por la cama del magnate de los hoteles Max Kendrick y descubrió que el hombre que había seducido a la novia de su hermano era el hermano gemelo de Max. Así que Layla tenía que escoger entre traicionar a su hermano o negarse a sí misma una pasión que le estaba prohibida. Y Max podía llegar a ser muy persuasivo…

Bianca

**Unidos por conveniencia,
pero atados por el deseo**

PASIÓN EN SICILIA

Michelle Smart

Hacerse pasar por novia del multimillonario Dante Moncada y presentarse con él en sociedad estaba muy lejos de lo que Aislin O'Reilly tenía por costumbre, habida cuenta de que llevaba una vida bastante modesta; pero haría cualquier cosa con tal de asegurar el futuro económico de su sobrino enfermo.

Su acuerdo con Dante tenía un carácter estrictamente monetario, pero el impresionante siciliano era la personificación del peligro, y no pasó mucho antes de que los dos se dieran cuenta de que no podrían impedir que el deseo rompiera los términos de su acuerdo, liberara la explosiva pasión que compartían y los dejara sedientos de más.